TAKEN

Chris Peregrin

Bibliografische Information der Deutschen Nationalbibliothek:
Die Deutsche Nationalbibliothek verzeichnet diese Publikation
in der Deutschen Nationalbibliografie; detaillierte
bibliografische
Daten sind im Internet über dnb.dnb.de abrufbar.

Herstellung und Verlag: BoD – Books on Demand, Norderstedt

ISBN: 978-3-7481-1685-1

"You are always one decision away from a totally
different life."

Für alle, die an mich geglaubt haben

EINS

»Wir haben eine Anfrage von einer Frau. Für heute Abend.« Saschas Stimme klang sogar durch das Telefon etwas angespannt.

»Eine Frau wünscht eine Frau als Escort? Das ist doch eher unwahrscheinlich?«

»Nein, sie wünscht sich mehr als das. Einen Abend im Gemach.« Sascha klang jetzt noch nervöser. Emma seufzte:

»Du weißt, dass ich keinen und erst recht keine Frauen auf diese Art bediene. Und du weißt auch, dass ich eigentlich nicht mehr anfragbar bin. Außerdem ist mein Babysitter auf Urlaub.«

»Sie zahlt gut, Emma. Unverschämt gut. Ich biete dir siebzig zu dreißig an und steige damit immer noch gut aus.«

Emma biss sich auf die Lippen. Die Rate für das Auto war nächste Woche fällig und Eden brauchte dringend neue Kleidung. Sie wäre ein Narr abzulehnen. Aber eine Frau ...

»Schick mir ihre Anfrage und die Konditionen. Ich schaue schnell rüber, bevor ich Eden von der Schule hole. Sie müsste dann allerdings oben spielen und ich würde dir die Aufsicht übertragen.«

»Akzeptable Bedingungen. E-Mail ist schon bei dir. Ich brauche deine Antwort allerdings innerhalb der nächsten Viertelstunde.«

»Gut.« Emma legte auf und öffnete ihr Postfach. Als sie die offerierte Bezahlung in Zahlen schwarz auf weiß sah, verschlug es ihr den Atem. Eilig las sie weiter. Ein solches Angebot konnte nur ebensolche Forderungen bedeuten, und

Emma war nicht bereit, sich auf Gedeih und Verderb zu wer weiß was für Konditionen auszuliefern. Sie hatte niemals harte SM-Angebote angenommen und würde heute sicher nicht damit anfangen, egal wieviel Geld ihr geboten wurde.

"Eine Frau zwischen dreißig und vierzig, bevorzugt blond oder brünett, schlank, aber nicht dürr. Einverständnis für Spielzeug und Subordination. Keine Züchtigung, keine Rollenspiele. Gesundheitszeugnis Voraussetzung. Verschwiegenheit Voraussetzung. Dresscode feminin. Dauer maximal drei Stunden."

Das klang fast zu vernünftig für den Preis. Emma griff nach dem Telefon.

»Das ist alles? Keine Schweinereien?«

»Nur absolute Diskretion. Es steht drin, aber sie hat mich in dem Anschreiben nochmals explizit drauf hingewiesen.«

»Gut. Wann soll ich da sein?«

»In zwei Stunden. Passt dir das? Ein

Gesundheitszeugnis hast du noch?«

Aus Gewohnheit hatte Emma sich bei dem letzten Arztbesuch vor zwei Wochen wieder der Untersuchung unterzogen, obwohl sie seit dem letzten Besuch keinerlei sexuelle Aktivitäten hatte. Es war ein Stück weit Routine und gab ihr ein gutes Gefühl.

»Ja, sicher. Ich versuche, pünktlich zu sein.« Sie legte auf und ging ins Kinderzimmer, wo Emma an ihrem kleinen Schreibtisch saß und ein Einhorn ausmalte. Ihre Zunge hatte sie vor Konzentration zwischen die Lippen gepresst.

»Eden, ich habe noch einen Termin. Wir fahren zu Tante Sascha und du kannst dort weiter malen, okay? Du darfst dir sogar eine DVD mitnehmen, wenn du möchtest.«

»Yay«, rief Eden laut und rannte ins Wohnzimmer, um mit der "Findet Dorie" DVD in der Hand wieder zurück zu kommen.

»Den hier.«

»Ist gut. Ich gehe noch schnell duschen und mich zurecht machen. Dein Essen steht in der Küche auf dem Tisch, fang bitte schon ohne mich an, ja?« Sie beugte sich runter und gab ihrer Tochter einen Kuss auf die Wange.

»Ich liebe dich, Madame.«

»Und ich liebe dich, Mami.« Eden gab ihr einen feuchten Kinderkuss zurück und rannte in Richtung Küche, die DVD fest an sich gepresst.

»Hallo ihr beiden. Eden, geh doch schon mal nach oben, ich komme gleich und bringe dir was zu trinken.« Sascha lachte, als Eden ihr die DVD direkt vor die Nase hielt:

»Und ich mache dir den Fernseher an, natürlich.«

Die beiden Frauen warteten, bis Eden die Treppe nach oben erklommen hatte.

»Danke, dass du gekommen bist.«

Sascha war eine kurz gewachsene, dralle Frau mit feuerrotem Haar und viel Schminke, aber Emma wusste, dass hinter der bunten, etwas abschreckenden Fassade ein gutes Herz steckte.

»Ich brauche das Geld, aber es ist und bleibt eine Ausnahme. Hier ist mein Zeugnis.«

Sascha warf einen schnellen, prüfenden Blick darauf

und legte es in eine Mappe.

»Ich weiß, dass du deine Gründe hast, um aus diesem Metier auszusteigen - einer davon ist gerade nach oben in meine Wohnung gelaufen - aber gibt es auch eine weitere Frau in deinem Leben?«

Emma schüttelte den Kopf.

»Wie lange ist es her, dass du mit einer Frau geschlafen hast?« fragte Sascha weiter.

»Das geht dich nichts an und das tut auch nichts zur Sache, denn verlernt habe ich es nicht.«

Sascha grinste und hob beschwichtigend die Hände.

»Ich wollte damit nicht deine Kompetenzen anzweifeln, Liebes. Aber wenn es nun schon eine Weile her sein sollte, vielleicht kommst du dann heute Abend auch auf deine Kosten.« Sie zwinkerte ihr zu und Emma musste gegen ihren Willen lachen.

»Wer weiß, Sascha, wer weiß. Aber, wie alle anderen Male zuvor, habe ich auch heute nicht die Absicht, es als etwas anderes als einen Job zu betrachten.«

»Und nichts anderes erwarte ich von dir.« Sascha

reichte ihr einen Schlüsselring.

»Gemach Fünf. Sie sollte in circa zwanzig Minuten da sein. Ich nehme an, sie ist pünktlich.«

Die Frau, die durch die Tür kam, war atemberaubend. Ihr kurzes schwarzes Haar lockte sich hinter den Ohren und umrahmte ein klares, ernstes Gesicht mit kristallgrünen Augen. Ihr Anzug musste maßgeschneidert sein, er saß makellos und betonte ihre schlanke Silhouette. Sie sah sehr reif und erwachsen aus, hatte aber sicher die Schwelle zu dreißig noch nicht überschritten - womit Emma die Ältere von beiden sein musste. Aber sie hatte in ihrer Anfrage explizit eine Frau von über dreißig Jahren verlangt.

Die Fremde schloss die Tür hinter sich und machte einige lange Schritte in den Raum hinein, bevor sie stehen blieb und ihren kühlen Blick auf Emma richtete. Diese erhob sich von dem Barhocker, auf welchem sie gewartet hatte und trat auf die Frau zu.

»Guten Abend und herzlich willkommen im Catkin.

Darf ich Ihnen etwas zu trinken anbieten?«

Die Fremde blieb stehen und musterte sie weiterhin schweigend. Ihr Blick schien sie zu durchdringen, auszuziehen und Emma merkte, wie ihr heiß wurde. Dann nickte sie leicht und kam auf die Bar zu. Sie ging aufrecht, stolz und energetisch, aber Emma fiel auf, dass sie ihr linkes Bein etwas nachzuziehen schien.

»Einen Cognac für mich. Für Sie, was immer Sie wollen.«

Erotisch. Anders war ihre Stimme nicht zu beschreiben. Ein tiefes, leicht rauchiges Timbre, eine fordernde Art zu sprechen.

Während Emma hinter die Bar eilte, um das Gewünschte vorzubereiten, setzte sich die Frau auf den Barhocker und legte eine Mappe auf den Tresen.

»Ich habe hier den Vertrag, sowie eine Verschwiegenheitserklärung meinerseits, die ich Sie bitten möchte zu unterzeichnen.«

Emma nickte und stellte die Getränke auf der Bar ab.

»Natürlich. Eigentlich ist mit der Erklärung, die Sie

beim Eintreten unterzeichnet haben, bereits alles geklärt, aber ich verstehe, wenn Sie auf Nummer Sicher gehen möchten. Ich werde unterschreiben, aber meinen richtigen Namen nicht explizit angeben, wenn Sie verstehen.«

»Das erwarte ich nicht, *Belle*.« Sie betonte den Namen so, dass sowohl seine eigentliche Bedeutung als auch der Nutzen als Pseudonym deutlich heraustachen. Emma schluckte. Ein Kompliment und eine Kritik in einem.

»Mir wurde gesagt, dass ich diesem Etablissement in punkto Verschwiegenheit vertrauen kann. Aber ich gehe gerne auf Nummer Sicher. Und so wissen Sie, dass es vice versa genauso ist.«

Emma nahm den Ordner, den die Frau über den Tresen geschoben hatte, und überflog das Dokument. Es war einfach gehalten und hatte keine Tretminen in Form von Kleingedrucktem. Sie griff nach einem Kugelschreiber und setzte ihre unglaublich unleserliche Unterschrift unter den Vertrag, bevor sie ihn ihrem Gegenüber zurück reichte.

»Kann ich sonst noch etwas für Sie tun, Frau Eversteen?«

»Sam, bitte. Ich denke, das vereinfacht die Dinge. Und es gibt eine Menge, was Sie für mich heute Abend tun können. Fangen wir doch damit an, dass Sie mir eine kleine Führung geben.«

ZWEI

»Ich hoffe, Sie sind mit dem Angebotenen zufrieden?«, fragte Emma, nachdem sie die Führung beendet hatten und wieder an der Bar standen. Die Augen der Frau glitten schnell aber gründlich über Emmas Körper, wie um sich noch einmal zu vergewissern. Emma hatte ihre Augen schon permanent auf sich gespürt, als sie ihr das Gemach gezeigt hatte.

»Danke, das bin ich.« Sam leerte ihr Glas und deutete

mit einem Kopfnicken zu der Tür, hinter welcher das Schlafzimmer lag.

»Sind Sie soweit, Belle?«

Emma nickte:

»Natürlich, wann immer Sie wünschen.«

Sie war ein klein wenig nervös, als sie Sam in das Schlafgemach folgte. Jedoch nicht aus Angst - die Lust in den Augen von Samantha Eversteen war zwar deutlich zu sehen, aber sie bewies Respekt und untadelige Manieren. Kein Garant dafür, dass sie im Bett genauso höflich sein würde - Emma hatte da schon ihre Erfahrungen gemacht - aber sie fühlte sich dennoch relativ sicher in Gesellschaft der - dazu noch überaus schönen - Frau. Nein, sie war nervös, weil sie sich noch nie beruflich einer Frau hingegeben hatte, und nicht ganz sicher war, in wie weit sie ihre Gefühle ihrer Professionalität unterordnen konnte. Sams Ausstrahlung und unterschwellige Erotik ließen sie schon jetzt nicht ganz unberührt.

»Haben Sie irgendwelche besonderen Wünsche?«

Emma schloss die Tür hinter sich und blickte fragend zu ihrem Gast, die sich ihres Sakkos entledigte und die Ärmel ihres Hemdes zu den Ellenbogen hinauf schob. Es wirkte nicht so, als hätte sie vor, ihre Kleidung komplett abzulegen.

»Nichts Ausgefallenes, nein. Ich würde mir dich gerne ansehen. Bitte sei so gut und zieh dich aus. Langsam.« Sam hatte in das vertraulichere 'du' gewechselt und Emma spürte die Aufregung in ihr steigen. Sie nickte und begann, ihre Bluse aufzuknöpfen. Sams Augen folgten jeder Bewegung ihrer Finger, bis auch der Rock zu Boden fiel und Emma in nichts als ihrer Unterwäsche vor ihr stand. Der Raum war gut geheizt, trotzdem überzog eine Gänsehaut ihren Körper, die Sam unmöglich ignorieren konnte. Die leiseste Andeutung eines Lächelns tanzte über ihre Lippen.

»Alles, Belle.«

Ihre dunkle Stimme tanzte wie eine Berührung über Emmas Haut und sie schluckte, bevor sie ihren BH von den Schultern streifte und aus dem Slip stieg. Es war eine eigenartige Mischung aus Ausgeliefertsein und der Erotik der Gewissheit, das Verlangen in Sams Blick auszulösen.

»Dein Name hält, was er verspricht«, flüsterte Sam zufrieden, nachdem ihre hungrigen Augen sich ausreichend an ihr satt gesehen hatten.

»Belle ... und nun leg dich hin. Deine Hände über deinem Kopf bitte. Und deine Beine ... gespreizt, mit Platz für mich.«

Emma hatte sich gerade wieder angezogen und war Sam in den Barbereich hinüber gefolgt, als die Tür zum Gemach vorsichtig geöffnet wurde und große Kinderaugen durch den Spalt blickten.

»Eden, was zum Teufel...« Eilig ging Emma zur Tür und kniete sich auf Höhe des Mädchens.

»Ich habe dir doch gesagt, dass du zu Sascha gehen sollst, wenn du etwas brauchst.« Sie wandte sich um und blickte ihren Gast entschuldigend an.

»Es tut mir leid. Ich ... es war heute etwas spontaner und ich musste meine Tochter mitnehmen. Es wird nicht wieder vorkommen.«

Sam runzelte die Stirn und Emma wandte sich eilig

wieder ihrer Tochter zu.

»Wartest du bitte kurz bei Sascha, ich bin hier gleich fertig.«

Eden sah sie an und ihre Unterlippe zitterte.

»Sascha war nicht unten und ich habe Durst ...«

Zu ihrem großen Erstaunen sah Emma Sam an ihr vorbei gehen und sich vor ihre Tochter hinknien.

»Hallo, ich bin Sam. Tut mir leid, dass ich deine Mutter so lange in Anspruch genommen habe. Sie ist gleich wieder bei dir. Magst du dir eine Fanta mitnehmen und noch einen kleinen Moment oben warten?«

Eden nickte und ein leises Lächeln erschien auf ihren Lippen:

»Eine Fanta, Mami. Darf ich doch, oder?«

Emma nickte und beobachte Sam, als sie hinter die Bar ging, eine Flasche aus dem Kühlschrank nahm und sogar einen Strohhalm hinein steckte, bevor sie Eden die Fanta reichte.

Eden strahlte und wollte davon eilen, aber Emma hielt sie zurück.

»Du hast dich nicht bedankt, Madame.«

»Danke ... Sam.«

»Schon gut, Madame«, antwortete Sam, und Emma sah sie zum ersten Mal lächeln.

»Ich heiße Eden. Tschüß.« Und pfeilschnell war sie aus der Tür und Richtung Treppe.

Emma drehte sich um.

»Vielen Dank, das war sehr nett von Ihnen.«

Sam nickte nur und ging hinüber zur Bar, um sich ein Bier zu nehmen. Sie öffnete die Flasche mit der gleichen lässigen Handbewegung, die Emma schon beim Öffnen der Fanta aufgefallen war, und nahm einige tiefe Schlucke. Dann setzte sie sich auf einen Hocker und deutete Emma, neben ihr Platz zu nehmen.

»Das Finanzielle habe ich vorab ja schon mit Ihrer Chefin geklärt. Aber ich möchte Sie wissen lassen, dass Sie meinen Ansprüchen gerecht wurden. Sie haben mir großes Vergnügen bereitet. Ich bin in der nächsten Woche noch einmal geschäftlich hier und würde Sie gerne wieder buchen. Zu den gleichen Konditionen. Sind Sie verfügbar?«

Emma zögerte. Eigentlich hatte sie mit dem heutigen Abend schon ihre Versprechen an sich selbst gebrochen, aber sie konnte nicht leugnen, dass die Schwarzhaarige sie faszinierte. Und ausgiebig befriedigt hatte. Sie hatte schon viel zu lange nicht mehr mit einer Frau geschlafen, und schon lange nicht mehr einen solchen Höhepunkt erlebt. Der Lohn war sowieso jenseits ihrer bisherigen Verdienste, es gab also nicht wirklich etwas, das dagegen sprach. Und Sam hatte gerade davon gesprochen, dass sie geschäftlich in der Stadt weilte. Also würde es auch keine komplizierten Verwicklungen geben. Sie würde nächste Woche wiederkommen und dann wieder fahren.

»An welchen Abend hätten Sie denn gedacht? Damit ich dieses Mal vorab einen Babysitter organisiere.«

»Mittwoch oder Donnerstag wäre mir genehm. Ich werde die Anfrage bei Ihrer Chefin abgeben, lassen Sie mich in den nächsten Tagen wissen, welcher der beiden Termine Ihnen besser passt.« Sam leerte die Flasche und stellte sie auf der Bar ab.

»Vielen Dank, *Belle*.« Wieder betonte sie Emmas Pseudonym auf ihre eigenartige Art und Weise. Dann streckte sie ihre Hand zum Abschied aus und als Emma sie ergriff, spürte sie Gänsehaut ihren Arm entlang laufen.

»Es war mir ein Vergnügen«, antwortete sie automatisch in dem gleichen, geschäftsmäßigen Ton, den Sam verwendet hatte, und blickte ihr nach, als sie durch die Tür verschwand.

»War alles in Ordnung?«, fragte Sascha sie mit einem Blick in ihre Augen, als sie die Treppe hinunter kam.

»Sie war eine Gentlewoman durch und durch. Aber Emma ist reingeplatzt ...« Sie blickte auf ihre Tochter runter, die schuldbewusst den Kopf zwischen die Schultern zog.

» ... nach dem *Meeting* erst, zum Glück. Aber ich muss mich bei sowas in Zukunft auf dich verlassen können, Sascha.«

Die Rothaarige nickte.

»Es tut mir leid. Es gab einen Zwischenfall in Gemach Drei und ich musste Francisca beruhigen gehen. Du hast was gut bei mir. Wie es aussieht, kommst du ja schon nächste Woche wieder.« Sie deutete auf den Zettel, der vor ihr lag.

»Gemach 5, Belle, Mittwoch/Donnerstag, Konditionen

wie vereinbart. Sam.«

»Das ist eine weitere Ausnahme, Sascha. Ich bin darüber hinaus weiterhin nicht verfügbar, damit wir uns richtig verstehen.« Emma blickte sie ernst an und Sascha lächelte.

»Wir haben vielleicht als Geschäftspartner begonnen, aber ich denke, man kann sagen, dass wir inzwischen Freunde sind. Ich werde dich zu nichts überreden, was du nicht willst. Aber heute Abend warst du die Einzige, die dieser *Kundin* gerecht werden konnte.« Emma verstand. Keines der anderen Mädchen hier stand für eine Frau zur Verfügung. Sie selber eigentlich auch nicht, um Privates von Beruflichem trennen zu können. Bisher war es auch eher die Ausnahme, dass eine Frau anfragte, und dann in der Regel auch nach einem Mann. *Bisher. Bis heute.*

»Dann bis nächste Woche, Sascha. Ich gebe dir Bescheid.« Sie streckte die Hand nach Eden aus und fühlte dieses unglaubliche Gefühl der Glückseligkeit, als sich die kleine Kinderhand in ihre legte.

DREI

»Ja?«

Sie hatte es mehr als drei Male klingeln lassen, bevor sie abnahm. Es war gerade Mittagspause und sie war selten gewillt, zu dieser Zeit Anrufe entgegen zu nehmen. Auch wenn sie zu oft den Fehler machte, die Pause in ihrem Büro zu verbringen.

Es war einen Moment still in der Leitung, bevor der

Anrufer sich versicherte:

»Frau Eversteen?«

»Am Apparat.« Sam lehnte sich im Stuhl zurück und klopfte mit den Fingern der freien Hand ungeduldig auf die Armlehne.

»Hier ist Sascha, vom Catkin. Ihre Anfrage bezüglich Mittwoch und Donnerstag betreffend: Belle wäre an beiden Abenden verfügbar. Welchen der beiden Termine würden Sie favorisieren?«

Sam richtete sich kerzengerade auf, sobald sie diese Worte vernahm. Der Abend im Catkin sollte eigentlich nichts anderes sein als all ihre bisherigen, gelegentlichen Bettgeschichten, doch er verfolgte sie seit dem Moment, als sie die Tür zu Gemach Fünf wieder hinter sich geschlossen hatte. *Belle.* Diese Frau war nach nur den wenigen Stunden, die sie miteinander verbracht hatten, schon unter ihre Haut gekrochen. Ihr Geruch und ihre leisen Seufzer hallten in Sams Ohren wieder, wenn sie abends schlaflos im Bett lag, und sie sehnte sich danach, sie erneut zu sehen. Zu riechen. Zu spüren.

Zum Stöhnen zu bringen, wieder und wieder. *Eine Fremde, die sich ihr für Geld hingegeben hatte.* Und es gelang ihr dennoch nicht, sie aus ihrem Kopf zu kriegen, so sehr sie sich auch bemühte.

»Frau Eversteen, sind Sie noch dran?«

Sam schüttelte die Gedanken ab und räusperte sich.

»Ja. Wenn die Dinge so stehen, dann würde ich gerne beide Abende buchen. Sofern das mit Fräulein Belle in Ordnung geht.«

»Ich werde nachfragen und Ihnen sogleich Bescheid geben. Vielen Dank.«

Als die Anruferin aufgelegt hatte, starrte Sam noch eine Weile gedankenverloren auf den Hörer in ihrer Hand, bis sie schließlich auflegte und entschlossen ausatmete. *Okay, zwei weitere Abende darfst du dich noch mit der schönen Fremden amüsieren. Dann streichst du sie aus deinen Gedanken und machst weiter wie bisher. Keine Verpflichtungen, keine Probleme.* Und eine Kurtisane mit Kind - das schrie geradezu nach Problemen.

»Aber nicht nach meinen«, sagte sie entschlossen in ihr leeres Büro hinein. Sie würde den Teufel tun und weiterhin mehr hineininterpretieren als da war. Es war *Lust*, nicht mehr. Und vielleicht brauchte es ausnahmsweise mal mehr als eine Nacht, um eine Frau aus ihrem System zu vögeln. Auch gut. Dann war dem halt so.

Sie blies eine vorwitzige Strähne aus ihrem Gesicht und drückte auf die Taste an ihrem Telefon.

»Mary, bitte buche mir einen Flug für Dienstag Morgen. Retour am Freitag gleich in der Früh. Das gleiche Hotel wie beim letzten Mal.«

Nachdem ihre Assistentin die Buchung bestätigt hatte, saß Sam den Großteil des Nachmittags in Gedanken versunken hinter ihrem Schreibtisch. Sie war beunruhigt, wie wenig es ihr gelang, einen klaren Kopf zu bewahren. Immer wieder glitten ihre Gedanken ab, während sie sich die beiden Abende in Belles Gesellschaft ausmalte. Was sie mit ihr anstellen würde, sobald sie nackt und einladend vor ihr lag. Wie sie sie unter ihrem Körper begraben, ihre Hände langsam auf Wanderschaft schicken würde, bis sie es wieder hörte ... das leise, zufriedene Stöhnen ...

Sam schüttelte erneut energisch den Kopf. So etwas war ihr seit Langem nicht mehr passiert, und es beunruhigte sie genauso, wie es sie erregte. Vielleicht hatte sie zu lange damit gewartet, wieder mit einer Frau das Bett zu teilen. Sie sollte es sich wieder des Öfteren gönnen, dann würde dieses Gefühl, diese eine Person zu brauchen, sicher nicht so ausgeprägt sein. Oder sie sollte darüber nachdenken, in Zukunft noch asketischer zu leben. Was man nicht kostete, konnte man nicht allzu sehr vermissen. Oder?

»Wem machst du da was vor, Samantha«, lachte sie leise. »Du liebst die körperlichen Dinge und deren Genuss viel zu sehr, um abstinent zu bleiben. Schuster, bleib bei deinen Leisten.«

Sie beschloss, vorzeitig Feierabend zu machen und einen langen Lauf durch den Park zu tätigen, um ihre Gedanken zu zügeln. Wenn etwas zuverlässig funktionierte, dann körperliche Verausgabung. Vielleicht gelang es ihr, Belle aus ihrem System zu schwitzen. Sonst hatte sie ja noch zwei Abende Gelegenheit, sie mit Elan rauszuvögeln. Mit viel Elan.

»Ich habe soeben mit Frau Eversteen gesprochen. Da für dich beide Abende möglich sind, würde sie dich gerne sowohl Mittwoch als auch Donnerstag Abend ab zwanzig Uhr buchen. Ich habe ihr gesagt, dass ich es mit dir besprechen werde. Was meinst du?«

Als Emma schwieg, sprach Sascha weiter.

»Die Konditionen wären auch von meiner Seite wieder die gleichen, Emma. Siebzig Prozent für dich. Allein aus dem Grund, dass du dir einen besseren Babysitter leisten kannst als beim letzten Mal. Die Dame hat ziemlich gepatzt, was ich gehört habe.«

Nun musste Emma lachen.

»Also gut, Sascha. Dann gib ihr beide Abende. Da sie nur geschäftlich in der Stadt ist, wird sie sicher kein Dauergast werden. Und ich kann das Geld gerade recht gut gebrauchen.«

»Und außerdem bist du auf deine Kosten gekommen, nicht wahr?«

Emma konnte das breite Grinsen in Saschas Stimme hören.

»Das geht dich eigentlich einen feuchten Kehricht an,

meine Liebe. Aber ich kann nicht leugnen, dass da etwas dran ist. Verdammt, es war lange her ... ich habe es mehr vermisst als ich zugeben wollte.« Und mehr genossen, als sie jemals zugeben würde. Genauso wenig wie die Tatsache, dass sie in den vergangenen Tagen mehr als einmal an Samantha Eversteen gedacht hatte, und sich fast ein bißchen auf das nächste Treffen freute.

»Es ist doch wundervoll, wenn sich Arbeit und Vergnügen miteinander kombinieren lassen, Emma. Ich gönne es dir von Herzen, umso mehr, da ich weiß, dass deine bisherige Arbeit hier im Catkin eher Pflicht als Kür war. Also, dann bis Mittwoch.«

Emma legte das Telefon zur Seite und biss sich auf die Unterlippe. Also würde sie in fünf Tagen wieder das Vergnügen haben, die hübsche Schwarzhaarige zu empfangen. Und bei den Worten 'Vergnügen' und 'empfangen' spürte sie ihre unteren Regionen vor Vorfreude beben.

»Es ist Arbeit, Emma. Nichts anderes«, schalt sie sich leise, aber das leichte Lächeln blieb auf ihren Lippen kleben, als sie sich auf den Weg machte, um Eden von der Schule abzuholen.

VIER

Emma warf sich einen Mantel über die dünne Bluse, die sie passend zu dem knielangen Rock angezogen hatte, und beugte sich zu Eden hinab.

»Der Schokopudding ist der Nachtisch, nicht die Hauptmahlzeit. Alles klar, Madame?«

Eden zog die Nase kraus, dann nickte sie:

»Alles klar. Das kriege ich hin ... denke ich.«

Emma unterdrückte ein Schmunzeln, bevor sie sich wieder aufrichtete und Melanie zunickte. »Ich werde wohl erst nach Mitternacht zurück sein. Bitte fühle dich ganz wie zuhause.«

Ihre kleine Cousine nickte zurück. »Ich hab alles im Griff. Viel Spaß, Cousinchen.«

Emma lächelte, aber innerlich hasste sie sich dafür, dass sie Melanie wegen heute und morgen Abend anlügen musste. Ein angeblicher Geburtstag und eine Einladung zum Konzert mussten als Alibi herhalten. Irgendwann werde ich sie vielleicht aufklären, dachte Emma bei sich, als sie die Wohnungstür ins Schloss zog. Wenn sie doppelt so alt ist wie jetzt. Bis dahin hatte sie immerhin noch achtzehn Jahre Zeit.

Als Emma vor die Haustür trat, blies ihr eine Windböe nassen Atem ins Gesicht.

»Verdammt ...«, fluchte sie leise und zog sich die Kapuze tief in die Stirn. Vielleicht hätte sie den Wetterbericht abrufen sollen, bevor sie sich in einem viel zu dünnen Mantel auf den Weg gemacht hatte. Kurz überlegte sie, noch einmal nach oben zu laufen, aber als sie den Blick Richtung Straße richtete, fluchte sie erneut. Und dieses Mal weit weniger leise. Auf der Straße reihten sich die Autos wie Perlen auf einer Schnur über die gesamte Länge. Wenn sie wie geplant ein Taxi nehmen würde, wäre sie sicher nicht pünktlich im Catkin. Seufzend machte sie sich schnellen Schrittes auf den Weg zur U-Bahn Station. Aber das Glück war nicht auf ihrer Seite. Als sie völlig durchnässt am Gleis ankam, zeigte die Anzeige Zugausfälle an. Die nächste Bahn in ihre Richtung war mit einer Viertelstunde Verspätung angeschlagen.

»Das darf nicht wahr sein«, seufzte sie und zog ihr Handy aus der Tasche. »Sascha, ich bin am Weg aber die Stadt spielt verrückt. Ich werde wahrscheinlich nicht rechtzeitig da sein. Ich hoffe, sie ist noch nicht zur Tür rein gekommen?«

»Noch nicht. Aber ich fürchte, dass sie eher der pünktliche Typ ist. Ich werde sie informieren. Beeil dich.«

»Ich tu mein Bestes.«

Und das war in diesem Moment, ungeduldig und frierend auf die verdammte U-Bahn zu warten. Emma wickelte sich in den nassen Mantel und ging unruhig am Bahnsteig auf und ab. Jetzt gerade wünschte sie sich fast sehnsüchtig eine Zigarette.

Es waren zwanzig Minuten über der vereinbarten Zeit, als Emma endlich außer Atem die Tür zum Catkin aufstieß. Sascha sah ihr mit gerunzelter Stirn entgegen. »Du siehst mitgenommen aus.«

Emma schob die klatschnasse Kapuze von ihrem Kopf. »Danke für die Aufmunterung, genau das brauche ich grad. Sie ist schon drinnen, nehme ich an.«

»Ja, und sie sah wenig begeistert aus, als ich von deiner Verspätung berichtet habe.«

»Das denke ich mir.« Emma fuhr sich mit der Hand durch das Haar und wandte sich Richtung Gang.

»Na dann ...«

»Mitgenommen heißt nicht weniger bezaubernd«, rief Sascha ihr nach, was sie mit erhobener Hand quittierte. Ihre Knie zitterten nicht nur von der Kälte, als sie die Tür zu Gemach Fünf öffnete.

Samantha Eversteen saß mit geradem Rücken zu ihr an der Bar. Ihre Hand spielte mit einem Glas Cognac, zu welchem sie sich augenscheinlich selber verholfen hatte.

»Bitte entschuldigen Sie«, murmelte Emma und trat näher heran. »Der Verkehr war ein einziges Chaos, ich ...«

Sie verstummte, als Sam sich zu ihr umdrehte und sie ansah. Ihr Blick war kühl, ihr Gesicht zeigte keine Regung, außer einem Hauch von Verärgerung. Sie musterte die nasse Gestalt, die vor ihr stand, schweigend, bevor sie ihr Glas hob und einen langsamen Schluck nahm.

»Ich kann sehen, dass Sie Schwierigkeiten hatten. Aber Verspätungen, aus welchen Gründen auch immer, sind mir ein Ärgernis. Ich erwarte, dass Sie morgen pünktlich sind, was auch immer die Umstände sein mögen. Haben wir uns verstanden?«

»Natürlich, Frau Eversteen. Es tut mir leid.«

Sam hob die Hand, um sie zum Schweigen zu bringen.

»Ich benötige noch einen Moment, um auszutrinken. Sie haben also fünf Minuten, um sich heiß zu duschen. Ich erwarte Sie dann bereit für mich auf dem Bett.« Damit wandte sie ihr wieder den Rücken zu, das Gespräch war beendet.

Emma atmete tief ein und machte sich auf den Weg ins Bad. Sie duschte hastig und tupfte sich etwas von dem Duftöl hinter die Ohrläppchen, bevor sie sich in einen Morgenmantel hüllte und sich auf die Bettkante setzte. Aber Sam ließ sie warten. Als Emma endlich Schritte vernahm, die sich der Tür näherten, waren weit über zwanzig Minuten vergangen.

Sam trat ein, blieb im Türrahmen stehen und runzelte die Stirn.

»Ist dir kalt?«

Als Emma verneinte, schloß ihr Gast die Tür hinter sich und lehnte sich mit dem Rücken dagegen.

»Dann verstehe ich nicht, warum du noch immer den Morgenmantel trägst. Steh auf.«

Emma gehorchte zögernd. Die Bodendielen waren kühl unter ihren nackten Füßen und knarrten leise, als Sam einen Schritt auf sie zu machte.

»Mit bereit für mich meinte ich, ohne jegliche Art von Kleidung. Öffne den Mantel.«

Emmas Hände glitten zu dem Gürtel und lösten den Knoten. Der Mantel öffnete sich ein Stück und gab einen Teil ihres Körpers preis. Sam trat an sie heran und streckte ihre Hand aus, um eine Seite des Mantels weiter zur Seite zu schieben. Ihre Finger strichen leicht über Emmas Haut, fuhren die Konturen ihres Busens nach und glitten weiter nach unten, wo sie knapp unterhalb des Bauchnabels verharrten. Emma hielt ihren Atem an, aber die Hand bewegte sich nicht weiter. Sams Augen waren noch weiter nach unten gerichtet und sie meinte fast, den heißen Blick zwischen ihren Beinen zu spüren.

»Gut«, murmelte die Schwarzhaarige leise, bevor sie wieder einen Schritt zurück trat und aus ihrem Sakko schlüpfte. »Zieh den Mantel aus und leg dich auf das Bett.«

Emma konnte spüren, wie Sams Augen jeder ihrer Bewegungen folgten und wie der Blick über ihren Körper streifte, als sie nackt auf dem weißen Laken lag.

»So hatte ich mir das vorgestellt«, sagte Sam, und ihre Stimme klang dunkler als noch einen Moment zuvor. Sie öffnete die obersten drei Knöpfe ihrer Bluse, dann jene an den Manschetten, und krempelte die Ärmel bis zum Ellenbogen auf, bevor sie zum Bett trat und ein Knie auf die Matratze schob.

»Bitte verschränke deine Arme über dem Kopf«, sagte sie etwas atemlos, während ihre Augen erneut über Emmas Körper wanderten und eine Hitzewelle in ihr auslösten. Und von einem Moment auf den anderen war sie über Emma und auf ihr und ihre warmen Lippen senkten sich auf ihren Busen. Emma atmete tief ein, als sie Sams Zunge auf der einen und fordernde Finger auf der anderen Brustwarze spürte. Ihre Hände sehnten sich danach, in Sams dunkles Haar zu fahren und ihren Kopf fester gegen ihre Brust zu pressen. Sie schluckte einen Seufzer und krallte die Finger in das Kissen, während Sams Hände ihre Erkundungsreise über ihren Körper fortsetzten und ihr heißer Atem auf ihrer Haut brannte. Dann spürte sie eine Hand zwischen ihre Beine gleiten und stöhnte auf, als sie ihren empfindlichsten Punkt streiften.

»So unmittelbar ...«, flüsterte Sam zufrieden gegen ihre Haut und schob mit ihren Beinen Emmas Knie weit auseinander, bevor ihre andere Hand unter das Kissen schlüpfte und einen schlanken, schwarzen Dildo hervorzog.

»Ich werde dich jetzt hiermit nehmen, Belle. Und ich möchte deine Lust hören, wenn ich das tue. Ich möchte außerdem, dass du es mir nicht zu leicht machst, bis du kommst. Hast du verstanden?«

Emma nickte und biß sich auf die Lippen, als das kalte Glas zwischen ihre Beine glitt. Sams Augen waren fast schwarz vor Verlangen, als sie sich in Emmas bohrten. Sie beobachtete genau, wie Emma reagierte, als sie langsam in sie eindrang und keuchte auf, als Emmas Lippen sich mit einem lauten, lustvollen Seufzer öffneten.

»Genau so ...«, murmelte sie, fast unverständlich vor Lust, bevor sie ihr Gesicht in Emmas Nacken verbarg und ihre Hand einen grausam schönen Rhythmus fand, der Emma kurz vor dem Erreichen der Sterne immer wieder zum Sinkflug brachte, bis sie vor Lust und Verzweiflung Sams Namen schrie.

FÜNF

Ein kleiner Schweißtropfen rann Sams Schläfe hinab, als sie sich von Emma rollte und sich neben ihr auf die Matratze fallen ließ. Sie zitterte mit den Nachbeben der Lust und war kurz versucht, Emma zu sich in den Arm zu ziehen, ihre Wärme zu genießen, ihren erschöpften Körper fest zu halten, bis sie beide wieder am Erdboden angekommen waren. Aber sie verwarf den Gedanken schnell wieder. Sie war hier, um unkomplizierten Sex zu haben, den Kopf frei zu kriegen und ihre Gier zu befriedigen, nicht um irgendwelche sozialen Kontakte zu knüpfen oder gar Gefühle zu entwickeln. Aber heute hatte sie neben ihrer Lust auch ihrer Frustration nachgegeben und ihre Gespielin etwas härter und gnadenloser genommen als das Mal davor. Sie hasste es, wenn man sie warten ließ, genauso wie sie es hasste, wenn Dinge nicht so liefen wie geplant. Emmas Verspätung hatte ihrem unbefriedigenden Arbeitstag nur noch die Krone aufgesetzt, und sie hatte sich an ihr abreagiert. Sie bezahlte zwar sehr gut dafür, dass sie ihr zur Verfügung stand, dennoch nagte der Hauch eines schlechten Gewissens an ihr, als sie den Kopf drehte und die Frau neben sich anblickte:

»Geht es dir gut, Belle?«

Die Frau, der sie eben zu mindestens zwei Höhepunkten verholfen hatte, bis sie sich selber erlaubte zu kommen, lag nackt und schwer atmend mit geschlossenen Augen neben ihr. Sam konnte nicht leugnen, dass sie sie auch nach dem Orgasmus noch mehr als attraktiv fand. Und das war bei ihr keine Selbstverständlichkeit.

Emma öffnete die Augen und fiel fast in das Kristallgrün der Augen, die direkt auf sie gerichtet waren. Ihr Mund fühlte sich trocken an und sie musste schlucken, bevor sie antworten konnte.

»Danke. Es war atemberaubend ...«

Der grüne Inquisitionsblick änderte sich nicht, also fügte sie nach einem Moment hinzu:

»Ich hoffe, für Sie war es ebenfalls zufriedenstellend, Sam.«

»Mehr als das«, antwortete Sam und richtete sich auf, um nach der Wasserflasche zu greifen und einen tiefen Schluck zu nehmen. »Du darfst dich anziehen, wenn du möchtest.«

Emma sah ihr nach, als sie aufstand und sich das Hemd zuknöpfte. Wieder hatte sie ihre Kleidung anbehalten. Ihr einziges Zugeständnis war es gewesen, irgendwann die gesamte Knopfleiste zu öffnen und Emma einen Blick auf ihren wohlgeformten Bauch und den schwarzen Spitzen-BH zu gewähren.

Sam verließ das Zimmer ohne einen weiteren Blick. Emma starrte einen Moment lang an die Zimmerdecke, bevor sie aufstand und sich den Morgenmantel überwarf. Als sie in den Barbereich trat, stand Sam hinter der Bar und goss sich ein weiteres Glas Cognac ein. Nach einem Blick auf Emma griff sie nach einem zweiten Glas und füllte es ebenfalls, bevor sie mit der Hand Richtung Tisch deutete:

»Würden Sie mir noch einen Moment Gesellschaft leisten?«

»Natürlich.« Emma nahm auf einem der beiden Sessel Platz, schlug ihre Beine über und zog den Morgenmantel über ihre nackten Knie. Sam nahm ihr gegenüber Platz und reichte ihr das Glas, bevor sie sich zurücklehnte:

»Darf ich Sie etwas fragen?«

Bevor Emma antworten konnte, fügte Sam hinzu:

»Wir haben beide die Verschwiegenheitserklärung unterschrieben. Sie müssen selbstverständlich nicht antworten, aber wenn Sie es tun, können Sie sicher sein, dass es diesen Raum nicht verlassen wird.«

Emma nickte und nahm einen kleinen Schluck Cognac,

der in ihrem trockenen, leicht rauen Hals wie Feuer brannte. Dieses Mal hatte sie laut geschrien, als sie mehrfach gekommen war und die Erinnerung daran ließ sie erröten.

»Bitte fragen Sie.«

Sam musterte sie noch einen Moment, bevor sie ihr Glas auf dem Tisch abstellte und ebenfalls die Beine überschlug. Ihre Schuhe glänzten in dem Dämmerlicht wie frisch poliert.

»Aus der Art und Weise wie Sie auf meine ... Berührungen reagieren, kann ich schlussfolgern, dass es Ihnen durchaus Freude bereitet, mit einer Frau zu schlafen.« Das war eher eine Feststellung als eine Frage, also schwieg Emma und blickte Sam an, bis diese weiter sprach:

»Mir wurde bei meiner Anfrage ebenfalls mitgeteilt, dass es nur eine Dame gäbe, die bereit wäre, mich zu ... empfangen. Und da es in der letzten Woche an einem Babysitter mangelte, nehme ich an, dass Sie mit ihrer Tochter alleine leben?«

Emma biss auf ihre Unterlippe, während sie überlegte, ob sie Sam soweit vertrauen wollte, dass sie ihr eine Antwort geben durfte.

»Ich und Eden leben seit einiger Zeit alleine. Ihr Vater ist schon vor Jahren gestorben und ich habe niemals mit ihm zusammen gelebt«, sagte sie schließlich leise. »Meine Tochter war nicht geplant, aber sie ist trotzdem ein Wunschkind. Und sie hatte nie ein Problem damit, dass ihre Mutter keinen Mann nach Hause brachte, wenn ... es jemanden gab.«

Sie leerte ihr Glas in einem Zug und atmete tief ein, als die brennende Wärme sich in ihr ausbreitete.

»Ich nehme an, damit ist Ihre Frage beantwortet.«

»Und Sie arbeiten schon länger hier?«, bohrte Sam nach, und Emma fühlte sich etwas unbehaglich.

»Sind Sie vom Jugendamt?« Die Frage kam ihr etwas bissiger von den Lippen als gewollt, und wieder spürte sie, wie sie leicht errötete.

»Ich verurteile Sie nicht, Belle. Ich war nur neugierig. Aber selbstverständlich ist das Ihre Privatsache.« Sam erhob sich, wobei ihr Blick einen Moment zu lange auf dem Ausschnitt von Emmas Morgenmantel ruhte.

»Wir sehen uns morgen. Es war mir ein Vergnügen.«

Emma erhob sich ebenfalls und blickte Sam nach, bis sie fast die Tür erreicht hatte.

»Sie sind eine Ausnahme, Frau Eversteen. Ich habe schon vor einiger Zeit aufgehört, hier zu arbeiten. Ein Job am Vormittag entspricht mehr den Lebensumständen, wenn man alleinerziehend ist.«

Sam blieb stehen und Emma starrte auf ihren schlanken, dunkel gekleideten Rücken, bis sie sich umdrehte.

»Ich bin froh, das zu hören. In zweifacher Hinsicht. Ich werde morgen etwas ... ziviler sein als heute. Danke für den Abend, Belle.«

»Emma«, flüsterte sie, bevor sie nachdenken konnte. Sams grüne Augen blitzten kurz auf, bevor sie den Kopf zum Abschied neigte:

»Gute Nacht, Emma.« Sie zog die Tür hinter sich ins Schloss und ihre Schritte entfernten sich hallend auf den Fliesen im Gang.

»Na großartig«, seufzte Emma.

»Ich habe einer fremden Frau, die mich für Sex bezahlt,

meine halbe Lebensgeschichte erzählt. Seit wann löst ein Orgasmus bei mir einen solchen Redefluß aus?« Während sie zur Bar ging, um sich ein dringend benötigtes weiteres Glas Cognac zu holen, beantwortete sie ihre Frage in Gedanken selber: *Seitdem du dir verweigert hast, dich fallen zu lassen.*

»Ich habe eine Tochter, verdammt. Ich kann mich nicht gehen lassen.« Aber ihr Argument verhallte ungehört im leeren Raum, während ihre innere Stimme auch darauf eine Entgegnung hatte: *Eden braucht dich. Aber auch du brauchst jemanden. Vor der Sehnsucht kann man nicht weglaufen.*

»Sehnsucht kann Menschen nahezu grenzenlos manipulierbar machen«, entgegnete sie schwach. Aber es war sinnlos, gegen sich selber zu argumentieren, wenn man die Wahrheit in jeder Faser seines Körpers spürte. Es war zu lange her. Und langsam wurde es unerträglich.

SECHS

Als Emma am nächsten Abend überpünktlich im Catkin ankam, winkte Sascha sie in ihr Büro und schloss die Tür hinter sich.

»Frau Eversteen hat mich soeben angerufen und Gemach Fünf frei gegeben. Dich allerdings nicht, und die

Bezahlung hat sie auch schon veranlasst. Sie sagte, sie wird dir einen Fahrer schicken.«

»Bitte?« Emma trat einen Schritt näher, als wollte sie sichergehen, dass sie sich nicht verhört hatte.

»Tja Kleines, scheint so, als ob du für gut genug befunden wurdest, um dich auszuführen.« Sie zwinkerte ihr zu.

Emma sah an sich herab und war froh, dass sie heute einen etwas längeren Rock ausgewählt hatte.

»Hat sie gesagt, was sie vorhat?«

»Nein, aber sie hat zumindest nach Restaurantempfehlungen gefragt. Also denke ich, du bist zu einem Dinner eingeladen.«

Ein Klopfen an der Tür unterbrach ihr Gespräch. Draußen stand ein Mann in der Livree eines Chauffeurs.

»Ich bin hier, um eine Frau Emma Belle abzuholen.«

»Das wäre dann ich«, entgegnete Emma und warf Sascha, die ob der Anrede grinste, einen strafenden Blick zu.

»Viel Vergnügen, Emma«, rief Sascha ihr hinterher.

Der Chauffeur geleitete sie zu einem schwarzen Audi

und öffnete ihr die hintere Tür.

»Vielen Dank«, murmelte Emma, die sich sehr fehl am Platz fühlte, obgleich der Chauffeur während der Fahrt kein weiteres Wort an sie richtete. Sie war sich dennoch sicher, dass er genau wusste, aus welcher Art Etablissement er sie soeben abgeholt hatte. Und wieder wurde ihr deutlich, dass dieser Teil ihrer Vergangenheit nichts mehr in ihrem jetzigen Leben zu suchen hatte. Dieser Abend musste und würde der letzte dieser Art sein. Sie würde das Catkin ab sofort nur noch aus einem einzigen Grund betreten: um mit Sascha hin und wieder einen Kaffee zu trinken.

Der Wagen hielt und die Tür wurde geöffnet.

»Wir sind da. Ich wünsche Ihnen einen schönen Abend, Frau Belle.« Der Chauffeur verriet mit keinem Muskelzucken in seiner Miene, ob er ihren Decknamen durchschaut hatte.

»Vielen Dank«, sagte Emma erneut und schenkte ihm ein kleines Lächeln. Es verschwand im nächsten Moment schlagartig von ihren Lippen, als sie sich umdrehte und ihr klar wurde, wo sie sich befand.

Vor ihr prangte die im Stil der vierziger Jahre gehaltene Leuchtschrift des " Thyme", dem so ungefähr nobelsten Restaurant der ganzen Stadt.

»Ach du heilige ...«, murmelte sie, während sie erneut an sich herab sah. Ihr Kleid war lang genug, ihr Mantel neutral in Schwarz gehalten. Sie hatte nur dezent Make-up aufgetragen und ihre Schuhe waren ebenfalls elegant genug. Sie würde einem flüchtigen Blick standhalten, doch sollte sie jemand genauer ansehen, wäre der Person sofort ersichtlich, dass sie nicht in die Preisklasse dieses Restaurants passte. Nun, aber ihre Begleitung schon. Sie holte entschlossen Luft und stieß die Eingangstür auf.

»Kann ich Ihnen behilflich sein?«, fragte die Empfangsdame höflich.

»Ich bin mit Frau Eversteen verabredet, die Reservierung läuft auf ihren Namen«, antwortete Emma und versuchte, einen neutralen Gesichtsausdruck beizubehalten, während ihre Augen durch den Raum streiften.

»Ich bringe Sie zu Ihrem Tisch, Frau Eversteen erwartet Sie bereits.« Die Dame bedeutete ihr mit einem

Lächeln, ihr zu folgen und führte sie durch die breiten Gänge zwischen den Tischen. Säulen, Art Deco an den Wänden, gestärkte weiße Tischdecken, das leise Summen der Gespräche - all das überforderte Emmas Sinne schon jetzt. Aber gänzlich überwältigt fühlte sie sich, als sie an dem Tisch ankamen und Samantha Eversteen sich erhob, um sie zu begrüßen.

»Danke, dass Sie meiner Einladung gefolgt sind, Emma.«

Als ob ich eine Wahl gehabt hätte, dachte Emma bei sich, während Sam um den Tisch herum ging und ihren Stuhl zurück zog, damit sie sich setzen konnte. *Wie ein Gentleman, wie bei einem ersten Date.* Sie bemerkte, dass ihre Hände leicht zitterten.

»Dankeschön ...«, flüsterte sie, und schluckte, als Sam wieder um den Tisch herum ging, um sich ihr gegenüber zu setzen.

Ihr schiefergrauer Anzug saß wie eine zweite Haut und betonte den Smaragdton ihrer Augen beinahe gnadenlos. Sie fühlte sich fast gefangen, als das Kristallgrün sich auf ihr Gesicht richtete.

»Ich weiß, dass diese Einladung über meine Berechtigungen hinaus geht, aber ich bin heute noch nicht wirklich dazu gekommen, etwas zu mir zu nehmen. Ich hoffe, Sie sind auch etwas hungrig?« Sams Blick implizierte durchaus die Doppeldeutigkeit ihrer Aussage, aber Emma beschloss, es zu ignorieren.

»Vielen Dank für die Einladung, Frau Eversteen. Etwas Einfacheres hätte es allerdings auch getan.«

Der Kellner unterbrach sie, indem er eine Flasche Wein an den Tisch brachte. Sam kostete fachmännisch, bevor sie ihr Einverständnis nickte. Er schenkte ihnen beiden ein und entfernte sich wieder.

»Ich hoffe, meine Wahl des Weins kommt Ihrem Geschmack entgegen?« Sams Augen richteten sich wieder auf sie und Emma hob ihr Glas, um einen kleinen Schluck zu nehmen. Der Weißwein war angenehm leicht, mit einem spritzigen Bukett von Weißdorn und Pfirsich.

»Eine sehr gute Wahl. Mit dem leichten Hauch von Honig würde ich denken, es ist ein Roussanne. Richtig?« Sam hob erstaunt die Augenbraue und Emma bemühte sich, ihren kleinen Triumph nicht zur Schau zu stellen.

»Vielleicht haben Sie aufgrund meiner Profession etwas anderes erwartet, aber ich hatte durchaus eine gute Kinderstube«, ergänzte sie simpel und genoss einen weiteren Schluck des ausgezeichneten Weines.

»Ich mag es, wenn meine Erwartungen übertroffen werden«, sagte Sam, ohne eine Miene zu verziehen und deutete mit einem Kopfnicken auf die Speisekarte, die neben Emmas Teller lag.

»Bitte wählen Sie aus, was immer Sie möchten.«

Emma ignorierte geflissentlich die teils dreistelligen Zahlen, die neben den Speisen gedruckt waren. Ebenso geflissentlich versuchte sie zu ignorieren, dass Sams Augen jeder ihrer Bewegungen zu folgen schienen. Aber das gelang ihr weniger gut. Sie spürte die Hitze von Sams Blick bis tief in ihre Eingeweide.

»Sie hätten mich vorwarnen können, dann wäre ich etwas ... passender gekleidet erschienen«, sagte sie schließlich, nachdem sie ihre Bestellung aufgegeben hatten und der Gruß aus der Küche, eine kleine Version von Surf and Turf, vor ihnen auf dem Tisch stand.

»Ich habe keinen Grund zur Beanstandung, Emma. Der Rock und die Bluse stehen Ihnen ausgezeichnet. Die großen Designermarken benutzen letztendlich auch nur Stoff.«

Sie aßen schweigend. Als Emma ihren letzten Bissen mit einem Schluck Wein runterspülte, ergriff Sam schließlich wieder das Wort:

»Ich möchte Ihnen gerne einen Vorschlag unterbreiten. Da ich Ihre Gesellschaft bisher als sehr angenehm empfunden habe, würde ich diesen Abend ungern als ein letztes Wiedersehen wissen.«

Als Emma etwas entgegnen wollte, hob Sam die Hand, um sie zum Schweigen zu bringen.

»Ich habe es sehr wohl vernommen, als Sie gestern Abend sagten, dass ich eine Ausnahme sei. Und ich verstehe Ihre Beweggründe, einen andere Arbeit angenommen zu haben. Ich bin sogar sehr froh darüber.«

Emma las die Ehrlichkeit in Sams Augen und hob fragend die Augenbrauen.

»Verstehen Sie mich nicht falsch, ich bin ebenfalls sehr froh darüber, dass Sie bei mir eine Ausnahme gemacht haben«, fuhr Sam fort und tupfte sich mit der Baumwollserviette über die Lippen.

»Mein Angebot ist möglicherweise etwas unmoralisch, aber ich hätte gerne, dass Sie in Ruhe darüber nachdenken, bevor Sie mir eine finale Antwort geben.« Sam lehnte sich im Stuhl zurück und sah Emma lange an, bevor sie weiter sprach und das förmliche 'Sie' erneut gegen ein einfaches 'du' austauschte. So wie sie es bisher ausschließlich im Radius des Bettes getan hatte. Die Entfernung zwischen ihnen schien dadurch zu schrumpfen und Emma meinte fast, den Duft ihrer Haut wahrzunehmen.

»Ich möchte eine Einladung an dich aussprechen. Und auch an deine Tochter, die ja bald Schulferien hat, richtig? Zwei Wochen in meinem Landhaus. Ich habe ausreichend Platz, einen Garten und einen Pool. Ich werde viel arbeiten müssen, daher werdet ihr genug Zeit füreinander haben. Die Tage stehen somit ausnahmslos dir und deiner Tochter zur

Verfügung. Sobald sie schläft, gehört deine Zeit mir. Die Konditionen wären die gleichen wie bisher, selbstverständlich auch eine adäquate Bezahlung. Ich würde alles vertraglich festhalten lassen, damit es zu keinerlei Missverständnissen kommt. Ich kann mir denken, dass du einschlägige Erfahrungen gemacht hast, die dich vor so einer Einladung zurückschrecken lassen. Aber ich kann dir versichern, dass ich keinerlei weitere Hintergedanken habe.« Sie schwieg und suchte nach Emmas Reaktion. Als sie auf weit aufgerissene Augen traf, fuhr sie eilig fort:

»Ihr bekommt einen eigenen Schlüssel für das Anwesen und vorab schicke ich dir Fotos und Informationen, damit du einen Eindruck bekommst. Es wäre mir eine große Freude, wenn du zumindest in Ruhe darüber nachdenken würdest.«

Emma sah ihr Gegenüber eine Weile sprachlos an. Samantha Eversteen war eine wunderschöne und auch sehr wohlhabende Frau, die sicherlich keinerlei Probleme hatte, andere Frauen kennen zu lernen. Emma war sich sogar ziemlich sicher gewesen, dass sie in Wahrheit verheiratet war und sich lediglich auf Geschäftsreisen kleine Fehltritte erlaubte.

Aber nun ...

»Warum?«, fragte sie schließlich leise und fast atemlos.

»Meine Privatsphäre ist mir wichtig. Und meine Zeit verschwende ich ungern. Ich will wissen, was ich bekomme und dass ich bekomme, was ich will. Das trifft in deinem Fall zu. Und da du mir gegenüber auch nicht abgeneigt scheinst - ohne dir deine Professionalität absprechen zu wollen, aber ich denke, ich liege richtig mit meiner Annahme - wäre es ein Geschäft auf Gegenseitigkeit.«

SIEBEN

Zwei Wochen. Der Tag steht dir und deiner Tochter zur freien Verfügung. Sobald sie schläft, gehörst du mir.

Die Konditionen hallten in Emmas Kopf wider, während sie Sam ansah und zu ergründen versuchte, was deren Beweggründe sein mochten. Unabhängigkeit, keine Zugeständnisse über ihre Grenzen hinaus, Kontrolle, vielleicht sogar Interesse an Emma selber ...

Sie biss sich auf die Unterlippe und griff nach dem Weinglas, um den komischen Geschmack in ihrem Mund runter zu spülen, den dieses Angebot hinterlassen hatte. Es irritierte sie, dass nicht sofort eine klare Ablehnung in ihr aufgetaucht war, sondern lediglich etwas Misstrauen, gepaart mit mildem Interesse.

»Dein Angebot erstaunt mich, Sam«, sagte sie schließlich. »Und mehr erstaunt mich, dass ich tatsächlich bereit bin, darüber nachzudenken. Ich weiß nicht genau, was das über mich aussagt und was du hinein interpretieren willst. Natürlich könnte ich das Geld gebrauchen. Ich denke, keine Frau in meiner früheren ...« Sie zögerte, und lächelte etwas bitter:

»Nein, meiner momentanen Profession würde ein solches Angebot ausschlagen. Aber nach heute Abend möchte ich mich eigentlich dieser Profession nicht länger zugehörig fühlen müssen. Zumal du mich schon enttarnt hast. In deinem Fall ist meine Professionalität sehr gefährdet von meinen persönlichen ... Empfindungen. Besonders, da ich bislang eher in den Genuss kam, anstatt die Arbeit zu machen.« Sie errötete leicht, als Bilder von dem vergangenen Abend vor ihrem inneren Auge auftauchten. Ja, sie hatte es fast zu sehr genossen - dafür, dass sie bezahlt wurde.

»Ich habe mich noch nie zuvor beruflich auf eine Frau eingelassen, und das eben aus gutem Grund. Dein Angebot überfordert mich, um es gelinde auszudrücken.«

Der Kellner nutzte den Moment, um den Hauptgang zu servieren und ihnen Wein nachzuschenken. Als er sich wieder zurück zog, hielt das Schweigen zwischen beiden noch einen Moment an, bevor Sam nickte:

»Wie ich schon zuvor sagte, bitte nimm dir deine Zeit, darüber nachzudenken. Es ist nichts, was du heute Abend oder in den nächsten Tagen entscheiden musst. Mein Angebot gilt bis zum Beginn der Sommerferien. Und nun wünsche ich dir einen guten Appetit.«

Emma blickte auf ihren Teller, und obwohl das Essen sehr gut aussah und verführerisch duftete, verspürte sie keinen großen Appetit. Das Durcheinander in ihrem Kopf dehnte sich bis in ihren Magen aus, und Sams Blick, der immer wieder über sie streifte, trug nicht gerade dazu bei, dass sie sich weniger flau fühlte. Sie riss sich zusammen und war erleichtert, als nach den ersten Bissen ihr Hunger zurückkehrte.

»Möchtest du noch etwas Süßes oder einen Kaffee, bevor ich die Rechnung ordere?«, fragte Sam. Der Klang ihrer Stimme riss Emma aus Gedanken, als das tiefe Timbre nach dem langen Schweigen ohne Vorwarnung bis in ihren Unterleib vibrierte. Was war es an dieser Frau, das sie so unglaublich nervös machte und so unglaublich stark anzog? Sie konnte sich kaum konzentrieren, sobald sie die grünen Augen auf sich spürte. Während des Essens hatte sie mehrfach auf Sams Hände geblickt und daran gedacht, was diese Hände in der letzten Nacht mit ihr angestellt hatten. Kein Wunder, dass nun bei dem Klang von Sams Stimme ein Feuerwerk in ihrem Körper losging. Sie schluckte, bevor sie antworten konnte:

»Sehr gerne einen Espresso.« Sie brauchte einen klaren Kopf, um den Rest des Abends zu überstehen. »Ich nehme an, dass wir das Dessert in deinem Hotelzimmer zu uns nehmen?«

Sam sah sie fast überrascht an. Hatte sie es tatsächlich nicht so geplant?

»Sascha hat mir erzählt, dass du diesen Abend schon im voraus bezahlt hast.«

Die Schwarzhaarige nickte und legte ihre Arme auf den Tisch, bevor sie sich vorbeugte.

»Ich habe für deine Gesellschaft bezahlt, Emma. Die hast du mir gewährt. Ich hätte dich im Anschluß an dieses Dinner nach Hause fahren lassen.«

Emma sah die Lust in ihren Augen aufblitzen, als sie ihr Dekolleté streiften und schüttelte mit einem leisen Lächeln den Kopf.

»Du bezahlst mich für eine gewisse Art von Gesellschaft. Und die werde ich dir heute Abend sicher nicht versagen.«

Die Zimmertür schloss sich hinter ihnen und Sam wandte sich zu ihr um.

»Möchtest du noch einen Drink, bevor ...«

Emma verneinte und schlüpfte aus ihrem Mantel.

»Danke, aber ich bin heute schon ausreichend verwöhnt worden. Und ich habe generell schon das Gefühl, dass ich dir etwas schuldig bin, für das du bezahlt, aber bisher nicht eingefordert hast.« Sie hängte den Mantel an die Garderobe und trat einen Schritt auf Sam zu.

»Normalerweise mache ich den Hauptteil der Arbeit, wenn ich einen Kunden habe. Es ist selten, dass ich die Person bin, die sich lediglich hingeben darf.« Sie blieb wenige Schritte vor Sam stehen, die ihre Hände in den Hosentaschen zu Fäusten geballt hatte. Ihre Augen waren dunkel vor Verlangen, als sie antwortete:

»Ich war bisher mehr als zufrieden mit dem, was ich geboten bekommen habe. Ich mag es sehr, wenn sich mir jemand hingibt, *Belle*.« Sie betonte Emmas Pseudonym wieder auf diese ihr eigene Art und Emma fühlte eine Gänsehaut ihren Rücken entlang laufen.

»Wenn es das ist, was du willst ...«, flüsterte sie. Sam blickte sie lange an, bevor sie nickte.

»Das ist normalerweise alles, was ich will. Aber ich kann mir vorstellen, dass es sehr lustvoll ist, deine Hände auf

meinem Körper zu spüren …« Sie zögerte einen Moment, als
ob sie nach einem Gedanken greifen würde. Dann glitten ihre
Hände zu ihrer Krawatte und streiften sie von ihrem Hals.

»Ich denke, ich möchte herausfinden, ob ich richtig
liege.« Sie deutete zum Bett. »Bitte öffne deine Bluse und setz
dich auf die Bettkante. Ich werde dir gleich die Augen
verbinden. Ich hoffe, das ist in Ordnung für dich?«

»Natürlich.« Emma ging hinüber zum Bett und setzte
sich. Ihre Hände zitterten leicht, als sie die Knöpfe der Bluse
langsam nacheinander öffnete. Sam beobachtete jede ihrer
Bewegungen genau. Als Emma die Bluse von ihren Schultern
streifen wollte, schüttelte sie den Kopf.

»Das werde ich machen.«

Sie trat näher und streckte ihre Hand aus. Ihre Finger
berührten nackte Haut knapp unter dem Schlüsselbein und ein
Blitz durchzuckte Emma. Sie biss sich auf die Lippen, um nicht
aufzuseufzen. Die Hand wanderte weiter und schob die Bluse
langsam erst von der einen, dann der anderen Schulter.

»Schließ die Augen.«

Sams Stimme war tiefer als zuvor, und Emma blickte

ihr noch einmal ins Gesicht, las ihr Verlangen, bevor sie gehorchte und ihre Augen schloss. Sie spürte den weichen Stoff der Krawatte gegen ihre Haut, als Sam sie hinter ihrem Kopf festknotete. Es war eigenartig erotisch, sich nur mehr auf die anderen Sinne konzentrieren zu können. Sie hörte deutlich, wie Sam ihr eigenes Hemd aufknöpfte, bevor sie sich vorbeugte und Emmas BH öffnete. Ihre Hände glitten über Emmas Busen, strichen sanft über die schon vor Erregung aufgerichteten Brustwarzen. Emma hörte ihren eigenen Atem schwerer werden, hörte Sam den Verschluss ihrer Hose öffnen, spürte, wie sich die Matratze bewegte, Sams Körper sich langsam auf sie legte und ihren Rücken in die Laken presste. Warme Hände fuhren ihre Beine hinauf und schoben ihren Rock bis zum Bauch hoch, zogen auf ihrem Rückweg ihren Slip mit hinunter. Emma seufzte leise, als sie die kühle Luft dort unten spürte.

»Gib mir deine Hand«, forderte Sam mit rauher Stimme, ihr Atem heiß in Emmas Nacken. Ihre Finger verschränkten sich, wanderten abwärts und berührten Stoff, bevor Sams Hand wieder verschwand. Emma fühlte Sams

Hosenbund, ihre Finger schlüpften unter den Slip und sie ließ ihre Hand weiter wandern, bis sie über Sams Venushügel lag. Sie lauschte und hörte tiefe, leicht unregelmäßige Atemzüge, ein leises Seufzen an ihrem Ohr:

»Weiter ...«

Sie zögerte noch einen kleinen Moment, da spürte sie Sams Mund auf ihrer Brust, einen leichten Biss in ihre Brustwarze, eine warme Zunge gegen die empfindliche Haut. Und mit einem tiefen Stöhnen ließ sie ihre Hand in Sams Nässe gleiten.

ACHT

Als Sams Fahrer sie weit nach Mitternacht nach Hause gebracht, und sie sich vergewissert hatte, dass sowohl Eden als auch Melanie tief schliefen, saß Emma noch lange am Küchentisch und starrte ins Leere. In ihrem Kopf tobte ein Sturm, der ihr so oder so keinen Schlaf gegönnt hätte. Sams tiefgrüne Augen tanzten immer wieder durch ihre Gedanken und richteten in ihrem Körper, der eigentlich zutiefst erschöpft sein müsste, kleine Nachbeben an. Sie spürte ihre Hände noch immer auf jedem Zentimeter ihrer Haut, roch sie noch immer an den Fingern ihrer Hand und alles in ihr schrie nach mehr, schneller, höher, weiter und allem anderen, was diese Frau in den vergangenen zwei Nächten mit ihr gemacht hatte. Und weitere zwei Wochen mit ihr machen würde, sollte sie ihr Angebot annehmen.

»Das ist doch komplett absurd«, flüsterte sie ins Dunkel des Raumes. Ihre Finger zogen Sams Visitenkarte aus ihrer Jackentasche.

»Melde dich, wenn du Fragen hast, Fragen jedweder Art, Emma. Wenn du annimmst, möchte ich, dass du dich sicher damit fühlst«, hatte Sam gesagt, die Karte in ihre Hand gedrückt und zum Telefon gegriffen, um Emma ein Taxi zu rufen. Dann hatte sie mit ihren langen Schritten noch einmal die Distanz zwischen ihnen aufgehoben, um Emmas Gesicht zwischen ihre feingliedrigen, überaus magischen Hände zu nehmen.

»Danke für diesen Abend. Auch wenn ich nicht wieder

von dir hören sollte, ich möchte, dass du weißt, dass ich dich und die Zeit mir dir sehr genossen habe. Ich hatte mit weitaus weniger ... Vergnügen und einer weitaus weniger interessanten Gesellschaft gerechnet, als ich das Catkin kontaktiert habe. Ich könnte nicht zufriedener sein, als ich es bin.«

Kurz hatte Emma gedacht, Sam würde sie küssen, aber die Schwarzhaarige hatte ihr nur tief in die Augen gesehen, sie noch einmal mit ihrem Grün verschlungen, bevor sie mit ihrem Daumen ganz leicht die Konturen von Emmas Lippen nachgefahren war.

»Auf Wiedersehen, Belle.«

»Komplett absurd«, keuchte sie noch einmal und stopfte Sams Karte in die Schublade mit dem Krimskrams, bevor sie endlich aus der Jacke schlüpfte und sich in Richtung Bad aufmachte.

Sie war am nächsten Morgen todmüde und energetisch ausgelaugt. Mit Mühe schaffte sie es, zeitig aufzustehen, Eden fertig zu machen und sich kurz abzuduschen, bevor sie beide das Haus verlassen mussten.

»Viel Spaß in der Schule, Prinzessin.«

Eden stieg aus, drehte sich um und winkte noch einmal, bevor sie mit ihrem viel zu großen Schulranzen auf die Eingangstür zustapfte. Emma lächelte, bevor sie einen Blick auf die Uhr warf und eilig den Motor startete.

In der Gärtnerei war zu dieser frühen Stunde schon ein großer Andrang, wie fast jeden Tag in der Hochsaison. Als sie gegen zwei Uhr ihre Schürze auszog und Richtung Garderobe ging, wurde sie von der Filialleiterin zurück gerufen:

»Emma, einen Moment bitte.« Sie drehte sich um und versuchte ein freundliches Lächeln zu zeigen, obwohl es immer ein Anzeichen von Problemen war, wenn die Chefin sie persönlich außerhalb der Arbeitszeiten sprechen wollte:

»Was kann ich für Sie tun?«

»Sie leisten gute Arbeit, Emma. Aber wie Sie sehen können, platzen wir momentan vor Kunden aus allen Nähten. Ich muss von all meinen Mitarbeitern für die nächsten Wochen Überstunden einfordern. Auch von Ihnen.« Emma schüttelte den Kopf:

»Das geht nicht, und das wissen Sie. Ich bin allein erziehend, ich muss meine Tochter um halb drei aus der Schule holen. Die Nachmittagsbetreuung geht nicht länger. Darüber haben wir doch schon vor dem Frühjahr geredet, als ich mich bereit erklärt habe, bis vierzehn Uhr zu arbeiten, anstatt wie bisher mittags zu gehen. Länger kann ich unmöglich bleiben. Es tut mir leid.«

Die Frau musterte sie mit gerunzelter Stirn und seufzte schließlich:

»Ich verstehe. Es tut mir auch leid, aber dann werde ich mich nach jemand anderem umsehen müssen. Es liegt nicht an Ihnen oder an der Qualität ihrer Arbeit. Im Gegenteil, die Kundschaft schätzt Sie sehr. Aber die Arbeit wird in Zukunft nicht weniger werden. Und ich kann es mir gerade nicht leisten, ein bis zwei weitere Halbtagskräfte einzustellen, um das Pensum zu schaffen. Lieber investiere ich in eine Vollzeitkraft, mit der ich dauerhaft rechnen kann. Sie verstehen das hoffentlich.«

»Natürlich.« Emma atmete tief ein, um ihre Stimme

ruhig und sachlich halten zu können.

"Bis wann benötigen Sie mich noch?"

»Ich werde sofort nach einer neuen Arbeitskraft zu suchen beginnen. In Ihrem Fall gilt die Kündigungsfrist von vierzehn Tagen. Sie haben noch Urlaubsanspruch, den werde ich selbstverständlich berücksichtigen. Wenn es Ihnen lieber ist, können Sie mir auch eine Kündigung einreichen, statt dass ich Ihnen eine ausstelle. Bitte dann bis morgen vormittag.«

»Okay. Das werde ich machen.« Die Chefin legte kurz ihre Hand auf Emmas Arm:

»Es tut mir leid. Wirklich. Ich werde Ihnen ein makelloses Zeugnis ausstellen und hoffe, dass Sie recht bald wieder eine Anstellung finden.«

Noch zwei Wochen Gehalt, eventuell eine kleine Sonderzahlung und das wars. Ohne das Geld von den Abenden mit Sam wäre Emma schon jetzt finanziell am Ende, aber die Zukunft sah nun um einiges düsterer aus als noch Minuten zuvor. Und Emma war vorgestern noch so leichtsinnig gewesen, über einen kleinen Urlaub nachzudenken.

»Verdammter Mist«, fluchte sie leise, während sie zum Auto lief. Schon wieder viel zu knapp dran, um Eden pünktlich aus der Schule abzuholen. Die kleine Gestalt mit dem großen Rücksack stand schon wartend an dem Gittertor zum Schulhof. Emma kurbelte das Fenster runter:

»Tut mir leid, meine Süße. Wartest du schon lange?«

»Nö, nur ungefähr fünf Minuten ... oder sieben? Wenn der kleine Zeiger schon fast auf der Drei ist und der große auf der Vier ... so lange warte ich.«

»Das ist dann zwanzig nach zwei.«

»Aber warum ist dann der kleine Zeiger schon fast auf der Drei, wenn es noch nicht drei ist?« Eden krabbelte auf ihren Kindersitz und schnallte sich mühevoll selber an.

»Weil die Zeiger auf dem Weg zu drei Uhr sind. Ich zeige dir das nochmal ganz genau, wenn wir zuhause sind. Wie wars in der Schule?«

»Gut. Wir haben heute das 'S' schreiben gelernt. 'S' wie ... Salz. 'S' wie Sahne. 'S' wie ...« Eden überlegte.

"»S' wie Sam«, sagte Emma, ohne nachzudenken.

»Ja, wie Sam. Oder wie Simon aus der zweiten Reihe.«

Emma zögerte, dann drehte sie sich halb zu ihrer Tochter um und suchte ihren Blick:

»Eden, erinnerst du dich noch an Sam?«

Eden schob ihre Lippen vor, so dass sich ihre Nase krauste:

»Jahaaa ... natürlich, Mum. Bei Sascha zuhause. Die hat mir eine Fanta geschenkt. Ha, oder ‚S' wie Sascha.«

»Mhmm ... was würdest du davon halten, wenn wir sie jetzt im Sommer besuchen? Also, Sam? Sie hat ein eigenes Haus. Mit Pool.«

»Okay ... ein Pool ist toll. Darf ich dann meine Schwimmflügel mitnehmen? Und mein Krokodil?«

Emma nickte und grinste ihr zu:

»Das ist ja wohl ein Muss.« Innerlich jedoch rasten ihre Gedanken. Sie würde zwei Fliegen mit einer Klappe schlagen. Etwas Urlaubsfeeling und etwas Geld, um über die Runden zu kommen, bis sie einen neuen Job gefunden hatte. Und ... ja, die dritte Fliege: verdammt guten Sex. Es sprach alles dafür und eigentlich nichts dagegen. Außer ihr verdammter Stolz. Sie wollte nicht käuflich sein, nicht so erbärmlich berechenbar.

Und nicht so unglaublich bedürftig.

NEUN

"Liebe Emma,

Vielen Dank für deine Mail. Ich war mir fast sicher, dass du mein Angebot ausschlagen würdest, umso mehr freue ich mich nun, von dir zu hören. Und auch noch positiv zu hören.

Der Zeitraum, den du vorschlägst, kommt mir gelegen. Natürlich kannst du Eden an dem Sonntag zu deinen Eltern bringen - ich möchte, dass du weißt, dass du prinzipiell schalten und walten kannst, wie du magst - und sollte sich etwas an den Plänen ändern, ist dein kleines Mädchen genauso willkommen, die gesamte Zeit zu bleiben. Es ist Platz genug und ich habe durchaus ein Herz für Kinder, sie ist also alles andere als eine Last für mich - falls dieses Fragezeichen bei deiner Planung eine Einwirkung hatte.

Ihr werdet zwei angrenzende Zimmer mit Verbindungstür bewohnen, euer Reich, wo auch nur ihr Zutritt haben werdet. Eure Privatsphäre ist mir ebenso ein Anliegen, wie sicherlich dir auch.

Meine Konditionen sind die gleichen wie bisher. Sobald Eden zu Bett geht, gehört deine Zeit und deine Verfügbarkeit mir. Ansonsten möchte ich, dass ihr euch wie zu Hause fühlt. Ich werde arbeiten, hin und wieder mittags daheim sein. Anthony, mein Koch, ist immer zwischen neun und zwölf Uhr im Haus, um je nach Bedarf für Mittag und/ oder Abend etwas zuzubereiten. Ich werde ihn über euer Kommen in Kenntnis setzen.

Zu deiner Frage: selbstverständlich wird niemand

erfahren, unter welchen Bedingungen ihr bei mir zu Gast seid.
Offiziell seid ihr gute Freunde, wenn nötig werde ich dich auch
als meine Partnerin vorstellen. Aber ich denke, das wird kaum
erforderlich sein. Außer du hast da besondere Wünsche?

Im Anhang findest du Fotos meines Hauses, sowie einen
Vertragsentwurf. Solltest du etwas zu beanstanden haben, setze
mich bitte darüber in Kenntnis. Wir können über alles reden,
selbstverständlich auch über die Höhe der Bezahlung.

Also, dann bis bald,

Sam"

Emma klickte durch die Anhänge, während ihre Augen
immer größer wurden. Schließlich warf sie sich im Stuhl
zurück und atmete tief aus. Nicht nur, dass das Haus ein
kleiner Palast war - auch die Summe, die ihr fünfstellig
entgegen funkelte, war weitaus mehr, als sie sich erträumt hatte.
Damit konnte sie eine gute Weile haushalten, auch wenn sie
keinen Job finden sollte. Es wirkte wie ein Geschenk des
Himmels, aber sie hatte das Gefühl, dem Teufel ihre Seele zu
verkaufen. Vor ihrem inneren Auge sah sie kleine rote Hörner

aus den schwarzen Locken von Sam heraus wachsen, während das Grün ihrer Augen verhängnisvoll funkelte. Aber statt sie zu erschrecken, machte sie dieser Gedanke einfach nur unheimlich an.

»Verdammt, was ist mit dir los, Emma Moore?!«, fragte sie sich und schüttelte mit einem lautlosen Lachen den Kopf. »Wenn Samantha Eversteen wüsste, dass sie nur mit dem Finger schnippen muss, damit ich Wachs in ihren Händen werde ... sie könnte sich eine gute Stange Geld sparen.«

Sie öffnete die Suchmaschine und suchte Sams Adresse im Routenplaner. Es waren gute vier Stunden Fahrt bei ruhigem Verkehr. Mit einer Eispause für Eden sollte es kein Problem darstellen, sie würde fünf Stunden Fahrzeit einplanen und wäre auf der sicheren Seite. Sie schloss den Tab, schob den Stuhl zurück - und zögerte. Nach einem Moment öffnete sie erneut die Suchmaschine. Ihre Finger verharrten knapp über der Tastatur. Sicher würde sie etwas finden, wenn sie Sams Namen eingab. Sie war neugierig, mehr über die schöne Fremde zu erfahren, mit der sie nun bald zwei Wochen Haus und großteils auch Bett teilen würde - aber kurz bevor ihre Finger ihren Namen in die Suchmaske eingeben konnten, klappte sie den Laptop entschlossen zu. Nein. Ihre Entscheidung war gefallen. Und sie würde nicht ihrer Neugier nachgeben und sich neben Käuflichkeit auch noch das Kostüm der Stalkerin überstreifen. Bald schon war genug Zeit, mehr über Samantha Eversteen zu erfahren. Idealerweise freiwillig und von ihr selber.

Im Kinderzimmer war Eden gerade dabei, die Wanduhr zu zerlegen, die sie in der Zwischenzeit heimlich und leise in ihr Zimmer entführt haben musste.

»Und was genau soll das werden, Madame?«

Ihr kleines Mädchen blickte hoch und verzog schuldbewusst die Lippen.

»Ich wollte wissen, wie die Zeit geht. Weil das so kompliziert ist, wenn du es mir erklärst. Aber da sind nur so Rädchen drin, und Schrauben und so'n Zeugs.«

»Und hattest du auch vor, das nachher wieder zusammen zu bauen?«

»Das versuche ich ja gerade ... aber es geht nicht.«
Tränen der Verzweiflung standen in Edens Augen und Emma
kniete sich nieder, um sie in den Arm zu nehmen.

»Ist nicht so schlimm, Prinzessin. Aber ich fürchte, da
werden wir den Uhrendoktor um Hilfe bitten müssen. Lass uns
alle kleinen Teile einsammeln und in einen Karton packen,
damit nichts wegkommt.«

Als auch die kleinste Schraube verstaut war, nahm
Emma ihre Tochter an der Hand.

»So, und jetzt gehen wir beiden auf ein Eis. Und
danach zeige ich dir die Fotos vom Sams Haus, wo wir bald
Urlaub machen werden. Und dann rufen wir noch Oma und
Opa an, okay?«

»Oooh kaay ...«, sagte Eden und hüpfte zur Garderobe,
um in ihre Schuhe zu schlüpfen.

»Mami, darf ich trotzdem zwei bis vier Kugeln, auch
wenn ich die Uhr kaputt gemacht habe?«

»Zwei, und keine mehr, egal welche Verhandlungstaktik
du auch anwendest.«

»Dann darfst du aber auch nur zwei haben.«

»Alles klar, dann kriege ich auch nur zwei Kugeln. Weißt du schon, welche Sorten du magst?«

Eden überlegte lautstark hin und her, während sie die Treppe hinunter polterte. Emma schob die Hände in ihre Hosentaschen und ging langsam hinterher.

Es fühlte sich gerade alles so einfach an, wobei es doch wirklich mehr als kompliziert war. Aber Emma ertappte sich dabei, wie sie lächelnd in die Sonne blinzelte, während Eden vor ihr hin und her lief und immer wieder oberhalb von Zimmerlautstärke Fragen an sie richtete. Wie sie sich ebenfalls ausmalte, welche Sorten Eis sie heute wählen würde, und wie dieser Gedanke unweigerlich dazu führte, sich Sams Lippen auszumalen, die sich nach einem Sprung in den Pool nass und kühl gegen die ihren pressten.

»Mamiii, wir sind schon da. Wo läufst du denn hin?«

Beinahe wäre sie an der Eisdiele vorbei gelaufen, so sehr hatten die Gedanken an Sonne, Sam und Pool sie abgelenkt.

»Ich glaube, deine Mami braucht neben zwei Kugeln Eis noch einen starken Espresso.«

ZEHN

Sie hatten schon eine Stunde Verzögerung, aber die Autos schienen sich bis hinter den Horizont zu stauen. Entnervt sah Emma zum fünften Mal auf die Uhr und verfluchte die Tatsache, dass sie Sams Telefonnummer nicht hatte. Sie hatte schon einmal erlebt, wie wenig sie Verspätungen goutierte und wollte nicht gleich am ersten Tag eine Standpauke und miese Stimmung zu verantworten haben.

Aber so sehr sie es auch versuchte, sie konnte die Autoschlange nicht weg wünschen.

Eden saß hinten im Kindersitz und begann zunehmend auch, ein langes Gesicht zu machen:

»Wann sind wir endlich da? Ich muss schon wieder Pipiiii ... «

Emma seufzte tief und drückte die Play Taste auf der Konsole, um noch einmal die Kinderlieder-CD abzuspielen. Sie hatte das Gefühl, schon jedes Lied auswendig zu kennen, doch immerhin begann Eden irgendwann mit ihrer Quengelei aufzuhören und leise mitzusingen.

Kaum hatte sie den Finger vom Klingelknopf genommen, als die Tür schon schwungvoll aufgerissen wurde. Sam blickte mit gerunzelter Stirn auf sie beide herab:

»Ist alles in Ordnung?«

»Uns geht es gut, aber es gab einen Unfall auf der Autobahn und der Stau war furchtbar. Es tut mir leid ... « Sam unterbrach sie mit einer abwehrenden Handbewegung.

»Ich habe von dem Unfall gehört. Die Verspätung ist

kein Problem, Emma. Höhere Gewalt. Aber ich wusste nicht,
ob ihr in den Unfall verwickelt wart und hatte keine
Möglichkeit, euch zu erreichen. Das hat mich etwas unruhig
gemacht. Aber ihr seid da, und beide in einem Stück. Gut.«
Ihre grünen Augen brannten sich in Emmas, ihre Stirn glättete
sich und sie nickte, bevor sie sich zu Eden runter beugte:

»Und du hast dich sicher schon gelangweilt, was?«

»Und wie ...!«, seufzte Eden dramatisch auf und
entlockte Sam ein leises Lächeln. »Es war furchtbar langweilig,
und ich muss Pipi und Hunger habe ich auch ... «

Sie verschränkte ihre Arme vor ihrem Bauch und
blickte zu Sam hinauf. »Und Mami war nicht so gut gelaunt im
Auto. Ich wollte 'Ich sehe was, was du nicht siehst' spielen, aber
sie wollte nicht mitmachen.«

»Nun, ich bin mir sicher, dass deine Mami einfach nur
besonders konzentriert war, damit ihr beide gut bei mir
ankommt. Also, herein spaziert. Die Toilette ist gleich links um
die Ecke, Eden. Und ich hoffe, ihr mögt Lasagne. Anthony
hatte heute seinen italienischen Tag.« Sie warf Emma erneut
einen tiefen Blick zu, bevor sie den Türrahmen frei gab und

ihre Hand nach einem der zwei Koffer ausstreckte:

»Ist das alles an Gepäck?«

»Eden und ich reisen immer mit möglichst wenig Ballast«, antwortete Emma und schluckte den Kloß hinunter, den Sams Blick ausgelöst hatte, bevor sie ihr mit dem zweiten Koffer in das Haus folgte.

Sie bemerkte gleich, was ihr auch schon auf den Fotos aufgefallen war: die Einrichtung des Hauses war geschmackvoll, aber schlicht. Helle Wände, helle Möbel und gerahmte Fotographien, die allerdings ausschließlich Landschaften oder Reiseeindrücke zeigten. Kein Gesicht außer Sams eigenem, kein Hinweis auf Freunde oder Familie. Als ob Samantha Eversteen ihr Privatleben auch vor ihrem eigenen Zuhause geheim hielt. So ganz anders als Emmas eigenes kleines Reich, in welchem die Wände von Familienfotos und Edens Kunst fast gänzlich verdeckt wurden. Dennoch war das Haus nicht kühl, sondern eher einladend, ein Platz, an dem man sich durchaus wohlfühlen konnte.

Sam stellte den Koffer am Aufgang zur Treppe ab.

»Ich zeige euch später eure Zimmer, sowie den Rest des Hauses. Aber ich denke, während die Lasagne aufwärmt, können wir beide einen starken Kaffee gebrauchen. Eden trinkt Milch? Oder lieber ein Glas Saft?«

»Ich glaube, sie wäre überglücklich, wenn sie einen Kakao haben könnte. Sie ist leider ein richtiger Schoko-Junkie.«

Der Hauch eines Lächelns zupfte an Sams Mundwinkeln. Es war nur kurz, aber Emma spürte, wie eine warme Erleichterung durch ihren Körper strömte. Sam war wirklich nur besorgt, sie hielt ihr die Verspätung nicht vor, so wie beim letzten Mal. Außerdem hatte sie fast vergessen, wie schön dieses klitzekleine, seltene Lächeln war, wie gut es Sam stand. Und sie hoffte, auf die Spur des Rezeptes zu kommen, um es des Öfteren hervorlocken zu können.

»Von wem sie das wohl hat?«, fragte Sam wie nebenbei, während sie den Siebträger mit gemahlenem Kaffee füllte und in die Maschine einspannte.

»Was meinst du? Dass sie auf Süßigkeiten steht?« Emma bedauerte die etwas schwammige Formulierung nicht, als sich Sam umwandte und sie mit einem langen, heißen Blick fast verschlang.

»Ja, ich fürchte das hat sie von mir«, fügte sie hinzu und merkte, wie ihre Stimme zitterte.

Sam blinzelte zweimal und schluckte tief, bis auch sie sich wieder unter Kontrolle hatte. Emma nach all den Wochen wieder vor sich stehen zu sehen und sie nicht gleich berühren zu dürfen, war fast mehr, als sie ertragen konnte. Die Anziehung, die diese Frau auf sie ausübte, war so unerklärlich wie unglaublich. Und sie wäre fast vor Sorge umgekommen, als sie von dem Verkehrsunfall gehört hatte und nicht wusste, wie sie Emma erreichen sollte. Doch nun stand sie mitten in ihrer Küche, dem Himmel sei Dank in einem Stück, so nah und doch gleichzeitig so fern.

»Wie nimmst du ihn? Den Kaffee, meine ich. Espresso oder Lungo, schwarz oder ... «

»Lungo, schwarz mit einem Löffel Zucker. Danke.«

Emma las die unausgesprochene Verwirrung in Sams

tiefem Blick, doch bevor sie darauf reagieren konnte, kam ein kleiner Wirbelwind zur Küchentür hinein.

»Ich habe aus Versehen den Fußboden auf der Toilette getaucht«, sagte sie verlegen. Ihre Augen wanderten von ihrer Mutter zu Sam und wieder zurück. »Entschuldigung.«

Emma seufzte. »Wir sind gerade mal ein paar Minuten hier und schon fängst du an, Chaos zu machen?« An Sam gewandt fügte sie hinzu:

»Es tut mir leid. Ich hoffe, du hast damit gerechnet, als du mich und die kleine Madame eingeladen hast. Ich kümmere mich sofort darum.« Sie wandte sich zur Tür, wurde aber von Sam aufgehalten:

»Ist schon gut, Emma. Bitte setz dich erstmal und trink in Ruhe deinen Kaffee. Und die Madame bekommt einen Kakao.«

»Eigentlich hat sie ja dafür keine Belohnung verdient«, murmelte Emma mit einem Seitenblick auf ihre Tochter, die hinter dem Küchentisch zu schrumpfen schien.

»Nein, das nicht«, bestätigte Sam. »Aber ich kannte einmal ein kleines Mädchen, welches das ganze Bad unter

Wasser setzte, um ihre Papierschiffe schwimmen zu lassen, weil draußen keine Pfützen zu finden waren. Ich denke, mit ein bisschen Wasser auf dem Boden kommen wir klar, oder, Madame?«

Edens Erleichterung war ihr anzusehen, als sie eifrig nickte.

»Eden, was Sam gerade sagte, ist ein abschreckendes Beispiel, kein Vorschlag zur Nachahmung. Ist das klar?« Als sie ihren strengen Blick von ihrer Tochter abwendete, meinte sie Sam erneut schmunzeln zu sehen.

ELF

Nachdem Sam ihnen das gesamte Haus gezeigt hatte, war es bereits weit nach Edens normaler Schlafenszeit. Da hier in Sams Haus noch alles fremd für ihre Tochter war, leistete Emma ihr beim Zähneputzen Gesellschaft und nahm sich extra lange Zeit für die obligatorische Gute-Nacht-Geschichte. Als sie sich vom Bettrand erhob, schob Eden ihre Nase noch einmal unter der Decke hervor:

»Kommst du dann zu mir ins Bett?«

Emma seufzte leise und beugte sich hinunter.

»Ich hoffe doch sehr, dass du schon schläfst, wenn ich zu Bett gehe, Madame. Und hier bei Sam haben wir beide jeweils ein eigenes Zimmer, genauso wie zu Hause. Meines ist dort, gleich hinter dieser Tür. Wenn du aufwachst und dich alleine fühlst, kommst du einfach zu mir ins Bett gekrabbelt, okay?«

Eden nickte und flüsterte:

»Gute Nacht, Mami.«

»Gute Nacht, Prinzessin.«

Emma ging schnellen Schrittes die Treppe hinunter, aber zögerte kurz vor der letzten Stufe. Sam würde sie schon erwarten - und erwarten, dass sie sich für den Rest des Abends gänzlich zu ihrer Verfügung hielt. Dies waren die letzten Sekunden des heutigen Tages, die ihr allein gehörten.

»Wem machst du was vor, Emma Moore?«, flüsterte sie zu sich selber. Was Sam wollte, war nichts anderes als das, nach dem sie sich gesehnt hatte, seitdem sie Sam zugesagt hatte. Sie fuhr sich mit beiden Händen durch die Haare, atmete tief ein, um ihr plötzlich flatterndes Herz zu beruhigen und öffnete die Tür zum Wohnzimmer.

Sam wandte sich um, sobald sie das Klicken des Türschlosses vernahm. Emma stand etwas verlegen im Türrahmen, die Frau, deretwegen sie mehrere schlaflose Nächte verbracht, einige ihrer eisernen Regeln gebrochen und die sie nun für zwei Wochen *gekauft* hatte. Man konnte es nicht beschönigen - es war ein Vertrag, ein Abkommen, nicht mehr. Und dennoch wirkte es irgendwie eigenartig vertraut, Emma in ihrem Wohnzimmer stehen zu sehen. Und unendlich verführerisch.

»Möchtest du etwas trinken?« Sam deutete mit einer einladenden Geste Richtung Couch und wandte sich zur Schrankbar. Aber Emma verneinte, noch bevor sie ihr konkret etwas offerieren konnte.

»Vielen Dank, aber der Wein zur Lasagne war für heute Abend Sünde genug. Ich denke, ich bleibe für den Moment lieber Herrin meiner Sinne.«

So lange ich dir deine Sinne lasse. Aber statt gleich in die Vollen zu gehen, nickte Sam nur und setzte sich ihr gegenüber auf den Sessel.

»Ist Eden eingeschlafen?«

»Ich will doch hoffen. Nach der langen Fahrt ist sie sicher ziemlich ko.« Emma strich sich eine Haarsträhne aus dem Gesicht.

»Und du?«, fragte Sam, während ihre Augen der Handbewegung folgten.

»Es geht.« Emma wollte nicht lügen. Sie war müde - aber trotz ihrer Erschöpfung bebte jede Faser ihres Körpers vor Verlangen.

»Ich werde dich heute Abend nicht allzu lange in Anspruch nehmen. Ich denke, es ist gut für euch, in aller Ruhe anzukommen.« Sams dunkle Augen fingen ihren Blick ein, und der Hauch eines Schmunzelns zupfte an ihren Lippen. »Aber ich glaube, einen Moment ohne Ruhe haben wir noch. Zieh bitte deine Hose aus und komm zu mir.«

Sams Worte lösten eine heiße Welle in Emma aus. Sie

biss sich auf die Lippen, bevor sie aufstand, mit zitternden Händen die Knöpfe der Jeans öffnete und sie von ihren Beinen streifte. Sie spürte, wie Sam jede ihrer Bewegungen beobachtete. Als sie sich Sam näherte, stand diese auf und deutete auf den Sessel:

»Setz dich und öffne deine Beine für mich.«

Kaum dass Emmas nackter Hintern das Polster des Sessels berührt hatte, kniete Sam schon vor ihr und zwischen ihren Beinen.

»Entspann dich.«

Sam war eine unglaubliche Liebhaberin - aber was sie mit ihrer Zunge zu tun vermochte, sprengte den Rahmen der Vorstellungskraft. Emma krallte ihre Hände in die Sessellehnen und bemühte sich vergebens, nicht allzu laut zu stöhnen. Aber es war unmöglich. Emmas Kopf sank gegen die Lehne des Sessels, als sie gnadenlos und wunderschön in die höchsten Höhen katapultiert wurde.

»Oh ... mein ... «

Sam schmunzelte gegen ihre unteren Lippen, bevor sie

mit der Zunge tief in sie eindrang. Und Emma explodierte lautstark in tausend farbige Sterne.

»Also, Anthony kommt jeden Werktag gegen neun Uhr und wird die Küche bis maximal zwölf Uhr okkupieren. Aber er beißt nicht, wenn du dir einen Kaffee oder etwas zum Naschen holen möchtest«, sagte Sam, als sie sich vom Boden erhob und mit ihren Händen durch ihre Haare fuhr. Eine sachliche Information, als wäre nichts gewesen - als hätte sie nicht gerade Lippen und Zunge noch ganz wo anders gehabt und unverschämt erotische Dinge mit ihnen getan. Emma lag noch bebend und weich wie Wachs in dem Arm des Sessels.

»Also noch etwas, worin sich seine Kunst von deiner unterscheidet. Denn im Gegensatz zu ihm beißt du sehr wohl.«

Sam schnaubte, wie um ein Lachen zu unterdrücken.

»Falls das eine Beschwerde sein soll - Anthony schätzt die genauso wenig wie ich.«

»Dann werdet ihr zufrieden mit mir sein. Was bei mir wie eine Beschwerde klingt, ist meistens als Kompliment zu verstehen.«

Dieses Mal konnte Sam ein kleines Lächeln nicht verbergen.

»Sehr schön zu hören.«

ZWÖLF

»Mami?« Eden stand in der Verbindungstür ihrer beiden Zimmer, ihr Kuschelkrokodil im Arm. Emma blickte schlaftrunken auf.

»Na, dann komm mal her, du kleiner Frühauf.« Sie lupfte die Decke, damit Eden sich zu ihr kuscheln konnte. »Hast du gut geschlafen?«

»Wie ein Säugetier.«

»Na dann ist ja gut.« Emma musste sich ein Schmunzeln verkneifen.

»Glaubst du, es gibt heute Lasagne auch zum Frühstück?«

»Zum Frühstück?«

Eden nickte ernsthaft. »Weil wir ja im Urlaub sind. Da gibts doch Sachen zum Frühstück, die es sonst nicht gibt.«

»Deine Logik ist wie immer bestechend, Madame.« Emma drückte ihr kleines Mädchen an sich. »Vielleicht sollten wir erstmal nachschauen, ob es Kaffee und Kakao für uns gibt, hm? Und wenn die Sonne rauskommt, können wir ja Sams Pool anschauen gehen.«

»Und reinspringen. Alle beide.«

»Na, das versteht sich ja wohl von selbst.«

Eden war nur bedingt enttäuscht über das Fehlen von Lasagne am Morgen, als Emma vorschlug, einen Topf Milchreis zu kochen.

»Aber nur, weil heute der erste Ferientag ist. Immer Süßkram ist nicht, Madame. Damit das klar ist.«

»Außer Kakao. Weil den gibts immer.«

Als sie gerade mit dem Frühstück fertig waren, fiel die Haustür ins Schloss. Das musste Anthony sein. Emma erhob sich, um ihn zu begrüßen und sich vorzustellen.

Der Mann, der in die Küche trat, war alles andere, als was man sich unter einem Hauskoch vorstellen mochte. Er sah eher aus wie ein Surfer, oder wie der Junge von Nebenan - und wirkte kaum älter als fünfundzwanzig. Weißes Shirt, blaue Jeans und rote Chucks. Seine braunen Locken waren im Nacken locker zu einem Pferdeschwanz gebunden, und unter der Schirmmütze blitzten zwei blaue Augen voller Schalk.

»Emma und Eden, richtig? Freut mich sehr, euch kennen zu lernen.« Er streckte die Hand aus und Emma erwiderte seinen festen Händedruck.

»Ich hoffe, ihr habt was zum Essen gefunden. Samantha ist nicht die große Frühstückerin, aber ich versuche trotzdem immer, von allem etwas im Haus zu haben. Better be prepared, than sorry.« Er grinste und zeigte eine Reihe strahlend weißer Zähne.

»Milchreis«, krähte Eden von ihrem Platz aus.

»Ein perfektes Frühstück für einen sonnigen Montag«, lächelte Anthony zu ihr hinüber.

»Ich würde heute thailändisch kochen, ich hoffe das mögt ihr?«

Emma nickte. »Bitte koch, was immer du vorhast. Wir beide sind ziemlich unkompliziert.« Sie nahm ihr Geschirr und stellte es in den Spüler. »So Eden, dann lassen wir den Maestro mal in Ruhe wirbeln.«

»Kein Stress. Zuschauer machen mich nicht nervös.« Anthony stellte die Tasche, die er in seiner anderen Hand getragen hatte, auf die Arbeitsfläche.

»Du kochst also nicht nur für Privathaushalte?«

»Ich koche, wann immer ich kann. Leidenschaftlich. Genauso gerne esse ich. Meine Mutter ist Italienerin, da lernt man das Kochen entweder zu hassen - oder zu lieben. Bei mir war es letzteres.« Er zog einen Bund Mohrrüben aus der Tasche. »Samantha ist die einzige, für die ich noch privat koche. Ich habe ein kleines Restaurant, nur abends geöffnet. Und ich gebe Kochkurse. Vielleicht habt ihr ja mal Lust, vorbei zu schauen, so lange ihr hier seid.«

»Jetzt müssen wir leider zuerst mal den Pool angucken«, sagte Eden ernst, und rutschte von der Bank.

»Wie du sehen kannst, bin ich nicht mein eigener Chef.« Emma zuckte lächelnd die Achseln und erntete ein weiteres, breites Grinsen. »Hat mich gefreut, Anthony.«

»Ebenso. Genießt den Pool.«

Draußen war es schon angenehm warm. Eden schnappte sich ihren Schwimmreifen und stürzte sich samt T-Shirt ins Wasser.

»Hab ja schon Seepferdchen.«

Emma folgte ihr schmunzelnd, nachdem sie die Handtücher auf den beiden Liegen am Beckenrand ausgebreitet hatte. Der Pool stand dem eines Hotels in nichts nach und das Wasser war angenehm erfrischend. Sie zog einige Bahnen, während Eden neben ihr her plantschte.

Dieser erste Tag schmeckte schon jetzt nach Urlaub. Auch wenn es schöner gewesen wäre, in Gesellschaft der

Hausherrin in der Sonne zu weilen. Sie fühlte sich als Gast, und hatte als solcher noch etwas Ehrfurcht davor, sich hier ganz wie zu Hause zu fühlen - auch wenn Sam das von Anfang an als selbstverständlich thematisiert hatte.

»Ihr seid meine Gäste, aber da ich nicht allzu viel da sein kann, möchte ich bitte, dass ihr keine Skrupel habt, euch ganz auszubreiten. Mein Zimmer und mein Büro sollten kein Spielplatz werden - außer ersteres exklusiv für uns beide - aber ansonsten schaltet und waltet bitte so, wie es euch passt«, hatte sie gestern Abend noch einmal betont.

Emma kostete es einiges an Überredungskunst, die kleine Madame aus dem Wasser zu bekommen, obwohl ihre Lippen schon eine leichte Blaufärbung angenommen hatten. Sie rubbelte Eden mit dem Handtuch trocken, und verfrachtete sie dann inklusive Bilderbuch und einem Glas Saft auf einen der Liegestühle, bevor sie sich selber mit einem Buch und einer Tasse frischen Kaffees auf dem anderen niederließ und in die Sonne blinzelte.

Sams Haus war wirklich ein kleines Paradies. Man hörte kaum etwas von der Straße, die saftig grüne Hecke schützte vor Blicken von außen und der Pool war herrlich. Auch die Terrasse hinter ihnen sah sehr einladend aus. Sam besaß nicht nur das nötige Geld, sondern hatte auch ausreichend Geschmack, um es gut anzulegen. Doch, das hier war ein Ort, an dem man sich sehr wohl und sicher auch zuhause fühlen konnte. Die Frage war nur, warum Sam diesen Platz nicht mit jemandem teilte. Aber Emma bezweifelte, dass sie darauf eine Antwort bekommen würde. Sie war ein Gast, scheinbar gern gesehen und willkommen - aber den Schlüssel für ihr privates Hinterzimmer würde Samantha Eversteen wohl nicht so einfach aus ihrer Hand geben.

DREIZEHN

Emma hörte die Haustür ins Schloss fallen und blickte zur Wanduhr. Sam schien heute etwas früher dran zu sein als sonst. Die ersten zwei Tage dieser Woche war sie immer erst kurz vor dem Dunkelwerden zurück gekehrt, so dass Eden schon im Bett lag und schlief. Emma unterstellte ihr gedanklich eine Vermeidungstaktik, obwohl Sam mit der kleinen Madame unglaublich gut umgehen konnte. Und Eden die letzten zwei

Tage immer nach ihr gefragt hatte.

»Hallo«, sagte sie, als Sam ihren Kopf in die Küche steckte. »Du bist früh dran.«

Sam fuhr sich mit der Hand über die Stirn.

»Eigentlich zum ersten Mal in dieser Woche zu meiner normalen Zeit. Es war und ist unglaublich viel zu tun, aber ich habe beschlossen, etwas großzügiger zu mir zu sein. Die Sonne scheint, wir könnten auf der Terrasse zu Abend essen.« Sie blickte Emma an und legte ihren Kopf schief. »Ich hoffe, du hast dich noch nicht zu sehr an mein spätes Heimkommen gewöhnt, so dass ich deine Pläne ruiniere?«

»Nein, keine Sorge. Eden und ich freuen uns, wenn wir heute deine Gesellschaft genießen können.«

In Sams Augen flackerte ein ihr wohl bekanntes Feuer auf. Ihr Blick bohrte sich in Emmas und sie trat einen Schritt näher. »Genießen ist ein gutes Stichwort.«

Sie überwand die restliche Distanz in dem Bruchteil von Sekunden und presste Emmas Körper mit ihrem eigenen gegen die Wand, ließ ihre Hände unter ihren Rock gleiten. Emma keuchte auf:

»Sam, nicht jetzt. Eden ist im Garten und kann jeden Moment reinkommen.«

»Es wird nicht lange dauern«, murmelte Sam gegen ihren Nacken und zog ihr mit einer schnellen Bewegung den Slip runter. Bevor Emma noch weiter protestieren konnte, drangen zwei Finger fordernd in sie ein. Sie biß sich auf die Lippe, um das Stöhnen zu unterdrücken, während Sams Finger sie schnell und gekonnt Richtung Höhepunkt brachten. Kurz bevor sie explodierte, spürte sie Sams Zähne an ihrem Hals, und der kurze, stechende Schmerz ließ sie beim Orgasmus Sterne sehen. Ihre Knie gaben nach, aber Sam hielt sie fest, während ihre Hände den Slip wieder hochzogen.

»Wunderschön«, murmelte sie gegen ihre Wange und wandte sich zum Waschbecken, als Eden um die Ecke gelaufen kam.

»Hallo Sam. Krieg ich ein Eis?«

Emma wurde rot und blickte wütend auf den Rücken von Sam, die sich jedoch nur seelenruhig die Hände wusch, bevor sie sich umdrehte:

»Sicher. Vanille oder Schokolade?«

»Beides.«

Sam lachte leise und dieser seltene Laut schickte erneut eine Hitzewelle in Emmas noch sehr empfindliche untere Region, was sie nur noch wütender machte. Diese Frau bezahlte sie für Sex, nahm sie, wann ihr danach war - und dennoch fühlte Emma sich unglaublich von ihr angezogen.

»Aber nur eine kleine Portion, Eden. Es gibt bald Abendessen.«

Sam blickte sie an und las die Wut in ihrem Blick, denn sie widerstand dem Charme des kleinen Mädchens, das sie gerade mit einem bestechenden Bettelblick ansah.

»Deine Mutter hat recht, Madame. Nur eine kleine Portion.«

Nach dem Essen, bei dem sie Sam kaum eines Blickes gewürdigt hatte, brachte sie Eden ins Bett und las ihr die obligatorischen zwei Gute-Nacht-Geschichten vor. Im Bad vor dem Spiegel entdeckte sie an ihrem Hals das Liebesmal, welches Sams Biss hinterlassen hatte.

»Liebesmal ... ein so verdammt falscher Ausdruck«,

zischte sie ihrem Spiegelbild zu und griff nach einem Halstuch.

Als sie wieder herunterkam, fand sie Sam mit einem Glas Cognac am Pool sitzen. Ein zweites Glas stand neben einer geöffneten Flasche Wein. Eine stumme Einladung an sie, ihr Gesellschaft zu leisten.

Emma setzte sich schweigend auf den Stuhl und goss sich ein. Der Wein schmeckte frisch und herb zugleich und war einfach perfekt. Sie genoss gerade den zweiten Schluck, als Sam die Stille durchbrach:

»Es tut mir leid, aber ich konnte mich nicht beherrschen. Jedoch haben wir eine Verabredung und ich habe sie verletzt. Ich werde dich dafür entschädigen und es wird nicht wieder vorkommen.«

Emma spürte die Wut in ihr wieder aufsteigen. »Nein, Sam. Ich will nicht entschädigt werden. Du zahlst mir ohnehin schon mehr, als ich jemals bekommen habe. Und ja, du schenkst mir mehr Befriedigung, bereitest mir mehr Vergnügen, als ich seit Langem hatte, das will ich nicht verschweigen. Und da du das beides tust, gibt es nichts, wofür du mich entschädigen müsstest. Aber ich will niemals, dass meine

Tochter irgendetwas davon mitkriegt. Sie ist ein Kind und sie soll in einem einigermaßen guten Elternhaus aufwachsen. Was ich für das Geld mache, hat sie bisher nicht mitbekommen, und das soll auch so bleiben. Ich mache das auch für sie, und sie soll niemals deswegen ein schlechtes Gewissen haben müssen. Also bitte zolle ihr diesen Respekt, wenn du ihn mir schon nicht entgegen bringen kannst.« Sie atmete tief ein und nahm einen weiteren Schluck Wein, doch er schmeckte ihr nicht mehr so gut wie noch einen Moment zuvor.

Eine schmale, starke Hand griff nach ihrem Glas und stellte es auf dem Tisch ab. Bevor Emma protestieren konnte, pressten sich Sams Lippen auf die ihren. Sie war so geschockt von dem plötzlichen, intimen Kontakt, dass sie sich nicht wehrte, als Sam sich breitbeinig auf sie setzte und den Kuss vertiefte. Ihre Zunge tastete sich vorwärts, drang bestimmt, aber zärtlich ein und Emma seufzte, bevor sie die Augen schloss und den Kuss erwiderte. Sams Lippen schmeckten nach Wein und Schokolade und ihr wurde schwindlig von den Gefühlen, die dieser lang ersehnte Kuss in ihr auslöste. Doch Sam löste sich viel zu schnell wieder von ihr und fuhr sich mit der Hand durch die kurz geschnittenen Haare. Emma sah, dass sie zitterte.

»Ich respektiere dich, Belle.« Sam zögerte.

»Emma«, korrigierte sie sich dann. Sie sprach ihren richtigen Namen leise und fast vorsichtig aus. »Ich respektiere dich, für das was du tust. Dafür, wie du für Eden sorgst. Ich respektiere dich dafür, dass du hier bist. Ich habe mich gehen lassen und wie ich gesagt habe, es wird nicht wieder vorkommen. Vielleicht sollte ich dir etwas mehr Raum lassen, entgegen unseren Vereinbarungen. Ich denke, soweit kann ich dir entgegen kommen. Aber wir haben einen Vertrag. Vielleicht wirst du dir erst langsam darüber klar, was es bedeutet. Ich bin bereit, dir bis morgen Abend Zeit zu geben, zurück zu treten, wenn du das möchtest. Ich weiß, dass ich viel fordere, auch wenn ich dafür viel zahle. Aber meine Konditionen sind nicht verhandelbar.«

Sie stand auf und mit ihr verschwand die Wärme, die sich in Emmas Körper ausgebreitet hatte. »Ich werde dich heute Nacht ausschlafen lassen. Wir sehen uns morgen.«

Und damit verschwand sie im Haus. Emma saß noch lange da und starrte in den dunklen Garten.

VIERZEHN

Emma erwachte mit den ersten Strahlen der
Morgensonne, die sich über den Horizont schoben. Sie war
gestern zeitiger zum Schlafen gekommen als die Nächte zuvor,
und war dementsprechend noch früher wach, als sie es durch
Eden ohnehin immer sein musste. Sie lauschte in das Dunkel
des Hauses, doch außer dem Ticken der Uhr und dem
Summen von Elektrogeräten war nichts zu hören. Eden schien

noch zu schlafen, ebenso wie Sam. Emma erhob sich und wollte ihr Zimmer verlassen, als von draußen ein leises Plätschern an ihr Ohr drang. Jemand war im Pool, der direkt unter ihrem Fenster lag.

Vorsichtig schob sie mit ihrer Hand die Vorhänge einen Spalt auf und blickte hinunter. Sie sah Sams schlanke Gestalt im Wasser, frei von jeglicher Kleidung. Starke Arme, die das Wasser durchpflügten, ein energischer Beinschlag, der den athletischen Körper pfeilgerade von einem Ende des Pools zum anderen katapultierte. Das Wasser perlte von ihren Schultern, als sie kurz am Beckenrand innehielt und sich mit einer Hand durchs nasse Haar fuhr. Emma leckte sich unwillkürlich über die plötzlich sehr trockenen Lippen und lehnte sich etwas weiter gegen die Scheibe, um den Anblick unter ihr genauer betrachten zu können. Bisher war es ihr nicht vergönnt gewesen, Samantha Eversteen komplett nackt zu sehen, und der Anblick ihres Körpers brachte sie ins Schwitzen.

Als ihr Blick etwas genauer auf Sams schlanke Beine

fiel, bemerkte sie etwas. Es war schwierig, bei Sams hohem Tempo und der spiegelnden Wasseroberfläche, aber da waren Narben auf Sams linkem Bein, die sich bis über das Becken nach oben zu ziehen schienen. Es sah aus wie Brandwunden, die ihre sonst makellose Haut aufbrachen wie frische Magma den an der Oberfläche erkalteten Lavateppich.

Etwas war ihr passiert, und so wie sie ihren Körper vor Blicken und Berührungen verbarg, schien sie mehr als versessen darauf, es für sich zu behalten. Offensichtlich hatte es nicht nur ihren Körper verbrannt, sondern auch ihr Inneres berührt.

Wieviel Asche hinterlässt ein Feuer, das nicht leidenschaftlich, sondern nur zerstörerisch brennt, fragte sich Emma - und fühlte sich unwillkürlich mies, weil sie wie ein Spanner hinter dem Vorhang stand. Und Sam ihr wohlgehütetes Geheimnis damit entrissen hatte.

Fast eilig löste sie sich vom Fenster und warf sich ein Shirt und eine Jogginghose über, bevor sie leise die Zwischentür zu Edens Zimmer öffnete. Ihr kleines Mädchen schlief, die Bettdecke als Haufen zu ihren Füßen hinunter gestrampelt. Mit einem Lächeln deckte Emma ihr Mädchen vorsichtig wieder zu und zog die Tür leise ins Schloss.

Auf dem Weg hinunter in Richtung Küche stoppte sie erneut. Nach ihrer mehr oder weniger unfreiwilligen Spionageaktion wollte sie Sam nicht mit ihrer plötzlichen, frühen Anwesenheit erschrecken. Kurz erwog sie, sich wieder ins Zimmer zurück zu ziehen, aber das fühlte sich zu sehr nach einer Flucht an. Stattdessen ließ sie ihre Füße lauter als gewöhnlich die Treppenstufen hinabsteigen und begann, ein Lied zu summen.

"Sometimes we bath in the sunset
Sometimes life gets tragic
Still we dance in the rain until it washes away the pain
And we know:
There is always a little time
To make love, coffee and magic"

Ja, Kaffee machen, das war eine Sache. Die anderen beiden gestalteten sich schon weitaus schwieriger. Sie beschloss, heute Morgen mit der einfachen Sache anzufangen, ging in die

Küche und drückte den Schalter an der Kaffeemaschine. Die Tassen im Schrank waren alle in einem schlichten Weiß gehalten, bis auf zwei, die ihr mit ihren bunten Farben direkt in die Augen stachen. Emma erkannte jene, die sie des Morgens an Sams Platz stehen sehen hatte.

"Erst Kaffee, dann die Welt", stand dort in weißer Schrift auf dem Knallrot der Tasse. Emma musste schmunzeln. Die andere bunte Tasse stand ganz hinten in der letzten Reihe, schien also nicht in der wöchentlichen Rotation von Tassen zu erscheinen. Obwohl sie ihre heutige Neugier schon verflucht hatte, konnte sie nicht umhin, die Tasse hoch zu heben und ihren Schriftzug zu lesen:

" How lucky I am, to have something, that makes saying good-bye so hard"

Die Tasse war leicht abgeschlagen, als ob es eine Zeit intensiver Benutzung gegeben hätte. Aber nun schien sie dem Verstauben anheim zu fallen. Wer wohl damit gemeint war? Und warum die Person in Form der Tasse in die hinterste Reihe verbannt worden war?

Mit einem leisen Seufzer stellte Emma sie wieder zurück und wandte sich der Kaffeemaschine zu. Kurz darauf erfüllte der Duft von frischem Kaffee den Raum. Emma lief summend zum Kühlschrank, um die Milch zu holen, als eine tiefe Stimme sie aus ihren Gedanken riss:

»So früh am Morgen schon Musik im Kopf?«

Emma fuhr herum und sah Sam im Türrahmen stehen. Ihre Haare waren nass und zurückgekämmt, lockten sich aber schon wieder vorwitzig hinter den Ohren. Sie schien sich nur nachlässig abgetrocknet zu haben, denn Wassertropfen liefen ihren Hals hinunter und durchnässten den Kragen ihres makellos gestärkten Hemdes.

»Immer ... «, entgegnete sie mit einem leichten Lächeln. »Magst du auch einen Kaffee?«

Sam stand noch einen Moment in der Tür und scannte Emma mit einem langen Blick von Kopf bis Fuß. Dann nickte sie und trat näher. Emma konnte ihr Duschgel riechen. Es roch frisch und ein bißchen nach Meer, und wieder blitzte vor ihrem inneren Auge das Bild von Sam im Pool auf. Sie drehte sich zur Kaffeemaschine und atmete tief aus.

»Setz dich, heute morgen gibt es Tischservice.« Sie erwartete, das Schaben der Stuhlbeine auf dem Boden zu hören, stattdessen fühlte sie, wie sich warme Arme um ihre Taille legten.

»Ich war gestern Abend etwas hart zu dir. Es stimmt, wir haben einen Vertrag. Aber dennoch möchte ich, dass du dich wohl fühlst - und nur das tust, was auch du möchtest. Ich möchte wissen dass, wenn du dich mir hingibst, du es genießen kannst. Und dass du und Eden auch ansonsten auf eure Kosten kommt. Es fällt mir einfach schwer, meine Finger von dir zu lassen. Und das ist ein Kompliment, denn ich kann mich normalerweise immer beherrschen.« Sie schwieg kurz und Emma spürte ihren Atem in ihrem Nacken. »Das soll eine Entschuldigung sein. Nimmst du sie an?«

»Ich nehme sie an. Und ich danke dir dafür.« Emma fühlte sich erleichtert. Auch wenn es sich in Sams Worten hauptsächlich um körperliche Dinge drehte - was natürlich der Inhalt des Vertrags war - war sie froh, dass Sam sich entschuldigt hatte. Und trotzdem Augen für sie und ihre Tochter hatte.

»Der Kaffee wäre dann fertig«, flüsterte sie, als die Maschine ihr letztes Zischen von sich gegeben hatte. Sie spürte kurz, wie Sams Lippen ihren Nacken berührten. Dann verschwand die Wärme. Kurz darauf hörte sie das Scharren der Stuhlbeine auf dem Fußboden.

Emma zögerte einen Moment, dann stellte sie die Tasse Kaffee vor Sam auf den Tisch und wandte sich erneut ab, um ihre eigene Tasse zu ergreifen. Nach dem gestrigen Abend verspürte sie das Verlangen, Sam einen Teil ihrer Geschichte wissen zu lassen. Sie würden noch ein paar Tage gemeinsam verbringen, vielleicht war es gut, sie nicht ganz im Dunkeln zu lassen.

»Ich würde dir gerne sagen, warum du mich im Catkin buchen konntest. Wie es dazu kam ...« Sie zögerte erneut, aber bevor Sam etwas sagen konnte, drehte sie sich um und blickte der Schwarzhaarigen in die Augen.

»Meine Eltern hatten ein Haus abzuzahlen, dann erkrankte mein Vater. Neben den Raten war es fast unmöglich, die Kosten für seine Behandlung aufzubringen. Und ich war gerade erst Mutter geworden ... «

Sie musste ein Stückchen weiter vorne anfangen. »Wie ich dir schon einmal sagte, war Eden nicht geplant. Meine einzige Erfahrung mit einem Mann war ein One Night Stand mit dem Bruder meiner besten Freundin, nach einer durchzechten Nacht. Bevor ich ihm sagen konnte, dass ich von ihm schwanger war, starb er bei einem Motorradunfall. Er war ein sehr lieber Junge, aber ein unglaublich leichtsinniger Teufel auf seinen zwei Rädern.« Ein leises Lächeln stahl sich auf Emmas Lippen, was Sam mit einem ebensolchen quittierte. *Er musste wirklich ein feiner Kerl gewesen sein.*

»Jedenfalls wollte ich sowohl meine Eltern finanziell unterstützen, als auch meiner Tochter an nichts fehlen lassen. Ich kannte Sascha von früher und sie bot mir an, ausschließlich als Escort Dame für sie tätig zu sein. Kein Sex, keine Extravaganzen, mit denen ich nicht einverstanden war. Die Bezahlung war gut, und einige Extravaganzen habe ich auf Anfrage geleistet. Aber ich habe nie wieder mit einem Mann geschlafen seit William. Und werde es auch nie wieder tun.«

»Aber mir hast du dich ganz hingegeben.« Sams

Stimme war ruhig, und ihre Worte wie so oft eher Feststellung als Frage.

»Du bist eine Frau. Und du warst eine Ausnahme ... bist eine Ausnahme. Wie ich damals schon sagte.«

»Und ich bin noch immer sehr froh, das zu hören, Emma.« Sam deutete auf den Stuhl neben ihr. »Der Kaffee schmeckt sicher im Sitzen noch besser. Und ich muss heute erst später ins Büro. Vielleicht magst du mir noch einen Moment Gesellschaft leisten, bevor der kleine Krabbelkäfer deine volle Aufmerksamkeit fordert?«

FÜNFZEHN

Als alle notwendigen Zutaten auf dem Küchentisch bereit lagen, drehte Emma die Musik auf, während Eden sich eifrig ein Geschirrtuch als Schürze umzubinden versuchte.

»Das geht nicht.«

»Warte, lass mich dir helfen.« Sie schlang das Tuch um Edens Hüfte und stopfte die Enden in den Hosenbund.

»So. Bist du bereit, Teigkönigin?«

»Ich bin eine Märchenprinzessin, Mum. Nicht das andere.«

»Keine Teigkönigin? Aber wer macht denn dann den besten Waffelteig?«

»Na, die Prinzessin eben.«

Emma lachte und stellte einen Stuhl an die Arbeitsplatte. »Na dann los. Womit fangen wir an?«

»Mehl natürlich. Dann Eier, Zucker, Wanilie...«

»Vanille, genau.«

Emma gab die Zutaten in die große Rührschüssel und drückte Eden den Schneebesen in die Hand. »Alles im Griff? Dann kümmere ich mich um die Kirschen.«

Eden nickte und fing an, in der Schüssel zu rühren. Emma stellte den Eimer mit frischen Kirschen neben sich und begann zu entkernen.

"Week is on, I'm in bed I'm all alone
I'm getting up, I'm finding out all kinds of crap
I'm not impressed, you keep saying I'm like the rest..."

Die erste Strophe von Sharron Levy's "Punk Thursday" erscholl aus den Boxen.

»Jaaaa, das ist mein Lieblingslied«, ließ sich Eden mit strahlendem Lächeln vernehmen.

»Warum glaubst du ist das auf unserer Waffel Playlist?«, entgegnete Emma. »Bist du bereit?«

Eden sprang vom Stuhl und hielt den Schneebesen wie ein Mikrofon vor ihren Mund. Waffelteig tropfte auf den Boden, aber Emma ignorierte es und positionierte sich mit ihrer Luftgitarre gegenüber von ihrer Tochter.

"Call it metal, call it grunge, call it indie, anything you want.

Call it progressive, call it the blues, glam rock, hardcore, anything you....

Rock on Monday, rock on Tuesday, rock on Wednesday, it's punk Thursday."

Eden schleuderte den Schneebesen wild hin und her, damit die Wände und Möbel ganz sicher auch etwas Teig abbekamen und sang lautstark mit:

»Roooock n Freidei, rock n Satterdei, rock n Sandei, is pank Sursdei ...«

Sie rockten wild durch die gesamte Küche, bis Emmas Rücken plötzlich mit etwas Weichem im Türrahmen kollidierte. Erschrocken fuhr sie herum und blickte in die grünen Augen von Sam, die wohl schon länger in der Tür gestanden und sie beobachtet hatte.

»Ups...« Emma rannte zum Dock und drückte die Pausetaste. Eden wirbelte herum und warf ihr einen fragenden Blick zu:

»Aber... das Lied ist noch nicht aus.«

»Nein, aber wir haben unverhofft eine Zuschauerin.« Emma deutete mit dem Kopf zur Tür, wo Sam sich lässig gegen den Türrahmen lehnte.

»Sam kann doch mitmachen. Oder?« Eden richtete ihren Blick auf die groß gewachsene Frau, deren Mundwinkel mit einem unterdrückten Lachen zuckten.

»Ich denke nicht ...«, sagten Emma und Sam fast gleichzeitig, bevor Sam leicht den Kopf in Emmas Richtung schüttelte und dann vor Eden auf die Knie ging:

»Das Tanzen überlasse ich denen, die es können, Madame. Also dir und deiner Mutter. Aber ich habe die Show sehr genossen.« Sie warf Emma über Edens Kopf hinweg einen tiefen Blick zu, der in ihren Eingeweiden aufschlug und dort für gehörig Wirbel sorgte.

»Wir machen Waffeln«, sagte sie, als sie wieder atmen konnte. »Sobald Eden im Bett ist, mache ich hier wieder Ordnung.«

Wieder schüttelte Sam leicht den Kopf, als wollte sie Emma davon abhalten, sich zu entschuldigen. »Warum habt ihr Anthony heute Mittag nicht gefragt, ob er welche machen kann?«

»Weil's Spaß macht, das Selbermachen!«, krähte Eden laut. Sam versuchte erneut, ihr Lachen im Zaum zu halten, aber es gelang ihr nicht länger. Sie warf den Kopf in den Nacken und prustete los. Emma sah sie wie verzaubert an, während ihre Mundwinkel ebenfalls zu zucken begannen. Sams Lachen war tief und warm und höchst ansteckend.

»Mach dich auf eine große Portion Waffel mit Sahne

und heißen Kirschen gefasst. Eden tischt gerne gewaltig auf«, sagte sie schließlich, immer noch grinsend.

»Ich hoffe, du hast Hunger. Aber bißchen dauert es noch. Du darfst gerne solange noch fernsehen«, fügte Eden ernst und bestimmt hinzu. Sam nickte, noch immer grinsend und erhob sich.

»Dann will ich euch Meisterbäcker mal nicht länger stören. Und fernsehen ist eine gute Idee, dann bin ich abgelenkt. Ich habe nämlich großen Hunger.« Wieder warf sie Emma einen eindeutigen Blick zu, der ihr eine Gänsehaut über den gesamten Körper jagte, bevor sie die Küche verließ.

»Na, dann sollten wir uns wohl beeilen«, murmelte Emma und atmete tief ein.

»Weiter gehts, Backprinzessin.«

Der Duft von warmen Waffeln zog aus der Küche bis ins Wohnzimmer, wo Sam es sich auf der Couch gemütlich gemacht hatte. Der Fernseher lief ohne Ton, damit sie dem Treiben nebenan folgen konnte. Immer wieder schallte Edens Kinderstimme zu ihr hinüber, gefolgt von den ruhigen Worten

Emmas. Sam ertappte sich dabei, voller Vorfreude an Kaffee und Waffeln zu denken und dabei zu lächeln.

»Wirst du sentimental?«, fragte sie sich leise und fast ungläubig. Waren die Ketten rostig geworden, die sie um ihre Vergangenheit und ihre Gefühle gelegt hatte?

»Ich bringe es ihr«, rief Eden in der Küche, und kurz darauf kam sie um die Ecke, den großen Teller mit konzentriertem Gesichtsausdruck vor sich her tragend. Ihre Mutter folgte ihr, mit leisem Lächeln auf den Lippen und zwei Kaffeetassen in den Händen.

»Die erste Portion ist für dich, Sam«, fügte sie hinzu, als Eden die Waffeln vorsichtig auf dem Tisch abstellte.

»Im original Eden Design.«

Sam blickte auf den Teller, wo sich auf zwei Waffeln ein Berg Schlagsahne türmte, der in einem See aus Kirschkompott ruhte. Es roch verführerisch.

»Ein Dank an das Backteam«, sagte sie. Emma nickte nur, bevor sie in die Küche ging, um die anderen beiden Teller zu holen, aber Eden blieb und hielt ihr die Gabel hin.

»Probieren!«

Sam lud sich eine Gabel voll, schob sie in den Mund und stöhnte fast vor Genuss auf, als der Geschmack sich entfaltete. »Mein Gott, ist das gut.«

»Ha!«, jubelte Eden, bevor sie Richtung Küche stürmte. »Mum, wir sind die besten Waffelexperten der Welt. Sam liebt die Waffeln ... glaube ich. Sie hat "mein Gott" gesagt.«

»Hat sie das? Na, dann haben wir wohl auf ganzer Linie überzeugt.« Emma kehrte mit zwei weiteren Tellern wieder und stellte sie ab, bevor sie Sam ansah, die sich gerade einen weiteren Bissen in den Mund schob. Sie hob fragend die Augenbraue und Sam schluckte eilig, bevor sie lächelnd nickte:

»Auf ganzer Linie.«

SECHZEHN

»Kann Sam mir heute die Gute-Nacht-Geschichte vorlesen? Morgen bin ich doch dann bei Großelterns.« Emma zog ihrer Tochter die Bettdecke bis zum Kinn hoch.

»Ich weiß nicht, ob sie das möchte, Madame.«

»Bitte frag sie, ja? Sie darf auch die Geschichte aussuchen.«

»Nun gut...«, seufzte Emma leise und stand auf.

Die Tür zum Arbeitszimmer stand einen Spalt weit offen und sie sah Sam am Schreibtisch sitzen, weit zurückgelehnt im Bürostuhl, mit den Füßen auf der Tischplatte. Ihr Blick ging ins Leere und als Emma leise an die Tür klopfte, sprang sie wie vom Blitz getroffen auf.

»Entschuldige, ich wollte dich nicht erschrecken.«

Sam fuhr sich durch die Haare. »Ist schon gut. Was kann ich für dich tun?«

»Eden wünscht sich, dass du ihr heute die Gute-Nacht-Geschichte vorliest. Ich habe ihr gesagt, dass ich nicht weiß, ob du dazu Lust hast, aber es ist ihr letzter Abend ...«

Sam runzelte die Stirn und schloss mit einem tiefem Atemzug die Augen.

»Wenn du zu viel zu tun hast, werde ich dich entschuldigen, Sam. Ich will nicht, dass meine Tochter dir zur Last ...«

Sam unterbrach sie mit erhobener Hand. »Nicht! Eden ist alles andere als eine Last. Es ist nur ...« Sie zögerte erneut, dann straffte sie ihre Schultern. »Also gut.«

Sie wandte sich zum Schreibtisch und griff nach etwas, dass wie ein Brillenetui aussah. »Ist sie schon in ihrem Zimmer?«

»Und im Bett. Und du darfst sogar die Geschichte auswählen.«

»Sammy!«, rief Eden aus, als die Zimmertür geöffnet wurde. Sam trat ein, gefolgt von Emma, die ihrer Tochter einen Kuss auf die Stirn gab, bevor sie anordnete:

»Eine Geschichte, Eden. Nicht, dass du Sam dann weiter löcherst.«

»Okay Mum. Gute Nacht.«

Emma zog die Tür bis auf einen Spalt weit hinter sich zu und wollte gehen, als sie Sams leise Stimme hörte.

»Also Madame, was wollen wir lesen?«

»Du darfst aussuchen."

"Hmm ... wie wäre es mit dieser hier?«

»Ja, aber du musst dich aufs Bett setzen, ich mag mit reingucken.«

Emma schüttelte lächelnd den Kopf und lauschte auf

einen Widerspruch von Sam. Aber es kam keiner. Das Bett knarrte leise, dann rief Eden aus:

»Eine Brille?«

Emmas Neugier siegte und sie linste durch den Türspalt. Tatsächlich war Sam gerade dabei, sich eine Brille auf die Nase zu setzen. Ein schlichtes Modell mit schwarzem Rahmen, welches sie strenger, aber gleichzeitig auch weniger unnahbar erscheinen ließ.

»Zum Lesen brauche ich abends eine Brille, Madame. Wir wollen doch nicht, dass ich über Wörter stolpere, wenn wir mitten im Abenteuer sind, oder?« Sam blickte auf und Richtung Tür und Emma zog schnell ihren Kopf weg und lehnte sich gegen die Wand.

»Bist du bereit?«

»Jahaaa.«

"Am ersten Wintertag des Jahres, als der Schnee in dicken Flocken vom Himmel fiel, stand plötzlich ein kleiner Junge in Elisas Garten. Er trug einen grünen Schlafanzug und eine rote Zipfelmütze und um seine nackten Füße schmolz der

Schnee. Elisa winkte ihm durch das Fenster, doch der Junge sah sie nur an und winkte nicht zurück.

»So was Unhöfliches«, murmelte Elisa, bevor sie in ihre viel zu großen Gummistiefel schlüpfte und die Haustür öffnete.

»Guten Morgen«, rief sie, als sie ihm entgegen stapfte.

»Wenn du schon nicht winken kannst, kannst du mir doch aber sagen, ob du vielleicht eine Tasse heißen Kakao haben magst?«

»Sie haben mich vergessen«, sagte der Junge und sah sie mit großen Augen an.

»Die Blätter sind gefallen, der Schnee ist gekommen ... und sie haben mich nicht abgeholt.«

»Wer?« fragte Elisa, während sie ihre Hand ausstreckte und wartete, bis der Junge sie ergriff.

»Die Herbstzeitlosen ... «

»Schlaf gut, Eden«, sagte Sam. Edens Stimme klang schon nuschelig müde, als sie leise antwortete:

»Danke ... Sam?«

»Ja?«

»Hast du auch Gute-Nacht-Geschichten vorgelesen bekommen, als du klein warst?«

»Nicht immer, aber da ich mit einer Geschichte besser einschlafen konnte, doch recht häufig.«

»Und wer hat dir vorgelesen? Deine Mama oder dein Papa?«

»Oft meine Mutter, hin und wieder auch mein Vater, aber meistens mein großer Bruder. Der konnte am Besten vorlesen. Elinor und ich haben es geliebt.« Sams Stimme klang plötzlich anders und Emma wollte schon fast hineingehen und sie erlösen, als Eden sagte:

»Mein Papa kann mir leider nicht mehr vorlesen. Manchmal stelle ich mir aber vor, dass er es macht. Weißt du?«

»Ich bin mir sicher, dass dein Papa genauso ein toller Vorleser war wie mein Bruder. Oder deine Mutter.«

»Und wie du, Sam.«

»Danke. Und jetzt ist Schlafenszeit, Madame.«

Emma hörte, wie Sam aufstand und ging eilig ein paar Schritte von der Tür weg. Im Dämmerlicht des Ganges konnte sie sehen, wie Sam die Brille abnahm und sich mit der Hand

über die Augen wischte. Dann blickte sie auf und sah Emma
an.

»Hat dir die Geschichte gefallen?«

Emma schoß die Hitze ins Gesicht. »Du liest sehr
schön. Ich konnte einfach nicht gehen … «

Sam faltete die Brille in ihren Händen auf und zu,
während ihr Blick lange auf Emma ruhte. Emma wusste nicht,
was sie sah, denn ihr selber war es unmöglich, in dem
schwachen Licht auch nur eine Regung von Sams Gesicht
abzulesen.

»Geh zu deiner Tochter. Ich denke es ist wichtig, dass
du heute Nacht bei ihr bist.«

»Ist alles in Ordnung, Sam? Ich … «

»Geh schon. Ich möchte heute Abend allein sein.«

Emma trat ein paar Schritte auf Sam zu, aber diese
wandte sich ab, als sie näher kam. *Waren das Tränen, die in ihren
Augen glitzerten?* Emma wollte noch etwas sagen, aber sie wusste
nicht was. Stattdessen hob sie ihre Hand und ließ sie einen
Moment auf Sams Oberarm ruhen. Muskeln spannten sich
unter dem weißen Hemd und Sams andere Hand griff nach

ihrer und löste den Griff.

»Geh!« Sams Stimme war leise, dunkel und unendlich tief. Wie eine Trauer, die Emmas Herz erfasste und schmerzhaft zudrückte.

»Gute Nacht ... «, flüsterte sie, bevor sie die Tür zu ihrem Arbeitszimmer öffnete und verschwand.

Emma lehnte sich gegen die Wand. Sie fühlte sich plötzlich erschöpft, wie nach einem zu langen Arbeitstag. Diese Frau war ein Rätsel, und wann immer die Lösung zum Greifen nah schien, war sie in Wahrheit noch weiter entfernt als zuvor. Wann immer Sam mit Eden interagierte, sah Emma die Wärme und das große Herz, welches sich unter dem makellosen Anzug und dem strengen Gesichtsausdruck verbarg. Ihr seltenes Lachen verriet ein gutes Gespür für Humor und wenn Sams Blick beim Sex auf ihren traf, konnte sie darin neben der Lust die leidenschaftliche, großzügige Frau sehen, die Sam allzu gerne zu verbergen schien. Und eben gerade war sie nahe an den Wundrändern gestanden, die Sam zu dem gemacht hatten, was sie war. Aber den Blick dahinter wollte sie ihr nicht gestatten.

»Sie bezahlt mich ... «, rief sich Emma ins Gedächtnis. Eine weitere Woche, und sie würde aus ihrem Leben gehen, wie sie gekommen war. Schnellen Schrittes, ohne einen Blick zurück. Das Einzige, was sie hinterlassen würde, wäre ein Scheck mit einer Reihe Zahlen drauf.

SIEBZEHN

»Eden, aufstehen. Heute gehts zu Oma und Opa.«

Ihr kleines Mädchen öffnete verschlafen die Augen. »Ist schon heute?«

»Ja. Und wir müssen bald los, Oma kocht ihr berühmtes Gulasch.«

»Und Himbeertorte?«

»Natürlich. Die darf nicht fehlen.«

Während Emma Edens Haare in zwei Zöpfe flocht, stieg ihr der Duft von Kaffee und süßem Teig in die Nase. Heute war Sonntag, also hatte Anthony frei. Aber wer war dann lautstark in der Küche tätig?

»Au, verdammte Scheiße«, fluchte Sam lautstark, und Emma hob warnend die Hand in Edens Richtung.

»Das hast du nicht gehört, Madame.«

Als sie in die Küche kamen, türmten sich Pancakes auf drei Tellern am Tisch. Zwei Tassen Kaffee und ein Glas Milch standen daneben. Sam hatte sogar Servietten unter die Gabeln gelegt.

»Hat heute jemand Geburtstag?«, fragte Emma fast erschrocken, als ihr klar wurde, dass das durchaus im Rahmen des Möglichen war. Sam schüttelte den Kopf.

»Eine Revanche für die Waffeln. Heute ist ja Edens letzter Tag bei mir.«

Eden stürmte los und warf sich Sam an die Beine. »Danke, Sammy. Du bist sehr lieb.«

Sam sah leicht überfordert aus, als sie mit ihrer Hand

über Edens Kopf fuhr. »Ist schon gut. Habe ich gerne gemacht. Und jetzt ab an den Tisch, bevor es kalt wird.«

Die Pancakes hatten mitunter etwas eigenartige Formen, aber sie schmeckten fantastisch. Sam und Emma aßen schweigend, während Eden munter vor sich hin plapperte.

»Opa hat Hasen im Stall, aber im Winter sind es immer weniger als im Frühjahr. Manchmal darf ich sie auf der Wiese laufen lassen. Und Oma hat gesagt, dass der Baum voller Kirschen hängt und ich so viele haben darf, wie ich möchte. Vielleicht pflücke ich einen Eimer voll und dann können wir nochmal Waffeln machen. Vielleicht dieses Mal alle gemeinsam, ja?!«

Emma blickte auf und Sam in die Augen, wohl wissend, dass es kein gemeinsames Mal mehr geben würde. Wenn sie Emma wieder von ihren Eltern abholen würde, wäre die Zeit mit Sam vorbei.

»Das ist eine liebe Idee von dir, Madame. Aber ihr müsst euch wirklich nicht die Arbeit machen und einen Eimer voll pflücken«, sagte sie schließlich, als Sam ihren Blick lange erwidert hatte, ohne auch nur ein Wort zu sagen.

»Wenn ich das mache, dann mache ich das gerne. Weil ich euch lieb hab. Und weil Kirschen so lecker sind. Oder, Sammy?« Eden drehte sich auf ihrem Stuhl und sah Sam an, der plötzlich etwas Röte ins Gesicht stieg. Sie nahm einen Schluck Kaffee, bevor sie leise antwortete:

»Kirschen sind das Beste, Madame. Und ... ich hab dich auch lieb.«

»Ich werde bei meinen Eltern noch Kaffee trinken und mich im Anschluß auf den Rückweg machen«, sagte Emma zu Sam, die in der Tür stehen geblieben war, während sie Eden im Kindersitz angegurtet, und ihr ein Buch in die Hand gegeben hatte.

»Keinen Stress, Emma«, antwortete Sam und winkte Eden zu, bevor sie Emma mit einer Handbewegung zu sich bat.

»Fahr vorsichtig«, sagte sie leise, als Emma neben ihr stand und hob ihre Hand, um ihr sanft über die Wange zu streichen. Nach einem kurzen Zögern beugte sie sich vor und ließ ihre Lippen auf Emmas sinken. Ihre Hand glitt in Emmas Nacken, während sie den Kuss vertiefte, bevor sie sich wieder löste und tief einatmete. »Gute Fahrt.«

Sie strich sich eine widerspenstige Locke aus der Stirn und verschwand im Haus. Aber Emma hatte für Sekunden die Andeutung eines Lächelns auf ihren Lippen gesehen, und eine seltene Wärme erfüllte sie, als sie sich hinters Steuer setzte und den Motor startete.

»Auf geht's.«

Sie kamen gut durch und fuhren knappe drei Stunden später bei ihrem Elternhaus vor. Ihr Vater saß wie immer auf der Bank vor dem Haus und hob grüßend seinen obligatorischen Hut, als sie aus dem Auto sprang und die hintere Tür öffnete, um Eden aussteigen zu lassen.

»Da sind ja meine Mädchen«, sagte er lächelnd, als Eden auf ihn zugesprungen kam, und hob sie mit seinen großen Händen in die Luft, um sie an seine Brust zu drücken.

»Hallo Papa«, grüßte Emma, als sie näher kam und gab ihm einen Kuss auf die Wange. »Mama wirbelt in der Küche, nehme ich an?«

»Was denn sonst.« Er schmunzelte und deutete Emma, voraus zu gehen, während er Eden seinen viel zu großen Hut aufsetzte und sie ins Haus trug.

»Opa, ich sehe nichts«, lachte ihre Tochter in ihrem Rücken, und Emma spürte, dass sie gerade durch und durch glücklich war.

In der Küche umarmte sie ihre Mutter und half ihr, den Tisch zu decken und die Schüsseln mit dem Essen rein zu tragen. Als sie alle an dem großen Tisch saßen und das Essen auf den Tellern dampfte, dachte Emma kurz an Sam. Es wäre schön, wenn sie jetzt mit am Tisch sitzen könnte, wie wenn sie eine richtige Familie wären. Ja, sie hatte sich an die schöne Unnahbare und ihre Gesellschaft gewöhnt, die so viel angenehmer war als sie es sich vorher ausgemalt hatte. So viel angenehmer, dass sie sie jetzt fast vermisste.

»Und, was habt ihr die letzten Wochen so gemacht?«, fragte ihre Mutter. Emma wusste nicht, wie sie es formulieren sollte, aber Eden krähte los:

»Wir waren zu Besuch bei Sam.«

»Wer ist Sam?«

»Eine Freundin von Mama. Sie hat mir heute morgen zum Abschied Pancakes gemacht.«

Ihre Mutter sah Emma vielsagend an. »Eine Freundin? Du hast uns noch gar nichts davon erzählt ...«

»Es ist kompliziert und noch nicht endgültig«, drückte sie sich um eine konkrete Antwort. Aber wieder hatte sie die Rechnung ohne ihre Tochter gemacht.

»Sammy ist sehr lieb und auch hübsch. Und ich glaube, sie hat Mama sehr lieb.« Emma bekam große Augen und sah ihre Tochter an.

»Glaubst du das?«

»Ja, sie schaut dich immer so an, wenn du nicht hinschaust.«

Emma fiel das Essen von der Gabel und sie bemühte sich um ein neutrales Gesicht, während sie alle Blicke am Tisch auf sich gerichtet spürte.

»Ah so ...«, grinste sie krampfhaft belustigt, während ihre Gedanken Kapriolen schlugen. »Prima, dass du so gut aufpasst, Eden. Dann weiß ich ja jetzt Bescheid.« Sie sah auf und erwischte ihren Vater, wie er sein Lachen hinter seinem Glas versteckte, während ihre Mutter amüsiert zwischen Eden und ihr hin und her sah.

»So, und jetzt beenden wir bitte das Thema über meine Beziehungen, damit ich mich zu hundert Prozent auf das köstliche Gulasch konzentrieren kann, okay?«

ACHTZEHN

Sam zweigte von ihrer üblichen Laufrunde ab, wandte sich nach links und lief die altvertraute Allee hinunter. Lange war sie diesen Weg nicht mehr gegangen, und ihre Schritte verlangsamten sich, je näher sie dem schmiedeeisernen Tor kam. Es war immer wie eine Zeitreise, und gleichzeitig wie ein Schritt in ein Land, welches seine Unschuld verloren hatte. Ein Land, das nicht mehr existierte.

Sie schob den größten Schlüssel des Schlüsselbunds in das Schloss, und das Tor öffnete sich knarrend. In der morgendlichen Dämmerung wirkte der überwucherte Pflasterweg wie Alices Weg ins Wunderland. Doch am Ende des Pfades warteten keine Wunder, sondern ein Schreckgespenst.

Efeu rankte sich über gefallenen Mauern, verbrannte Balken ragten wie flehende Finger in den blaugrauen Morgenhimmel und noch immer schien ein Hauch von Brandgeruch in der Luft zu liegen. Vielleicht war es Zeit, die Ruinen endlich dem Erdboden gleich zu machen und die Vergangenheit zu begraben. Aber was sollte sie an deren statt pflanzen?

Auf eine ganz eigene Art gab ihr der Schmerz Kraft. Er hatte sie mit unerbittlichen Schlägen zu einer stahlharten Klinge geformt, und fast genoss sie das Gefühl des metallenen Schildes um ihr Innerstes. Es gab ihr vielleicht keine Geborgenheit, aber Verlässlichkeit. Keiner würde je wieder so nahe an sie herankommen, um sie zu verletzen. Vorher stach sie zu.

Emma. Sie hatte es verdammt nahe herangeschafft, fast zu nah. Sam genoss ihre Anwesenheit, wenn sie daheim war, vermisste ihre Nähe, ihren Geruch, wenn sie stundenlang in ihrem Büro saß. Die Tage in ihrer Gesellschaft rannen wie Sand durch Sams Hände. *Aber es wird besser sein, wenn sie wieder geht. Ich brauche niemanden, ich bin stärker alleine.*

Sie warf noch einen letzten Blick auf die Ruinen vor ihr, dann straffte sie entschlossen die Schultern. Bis zur Neige auskosten. Und dann weitergehen. Ohne einen Blick zurück. So, wie sie es schon immer getan hatte.

Emma hörte, wie sich die Tür leise öffnete und versuchte, das Geräusch zu ignorieren, das sie aus ihrer Traumwelt reißen wollte. Aber als sich die Matratze bewegte und sie spürte, das jemand unter die Bettdecke kroch, öffnete sie die Augen einen Spaltbreit.

»Sam? Was...«

»Schscht...«

Kristallgrüne Augen kamen in ihr Blickfeld, als Sam sich abstützte, bevor sie ihren Körper langsam auf Emmas niedersinken ließ. Ihre Haare waren feucht, als sie ihren Kopf in Emmas Nacken drückte, und ihre Hände langsam unter ihr T-Shirt schob.

»Wie spät ist es?«, fragte Emma, während ihre Hände automatisch Sams schlanke Taille umfassten - und nackte Haut spürten. Noch nie war Sam morgens zu ihr ins Bett gekommen, was vielleicht dran lag, dass Eden bis gestern im Nebenzimmer geschlafen hatte - und nur selten hatte sie so wenig angehabt wie jetzt. Emmas Hände tasteten ein Stück weiter und spürten den Saum einer Anzugshose. Nun ja, was hatte sie erwartet?

»Früh. Kurz nach Sonnenaufgang«, murmelte Sam in ihren Nacken, während ihre Hände gnadenlos weiter nach oben wanderten und sich auf ihre Brüste legten. »Ich werde dich gleich weiter schlafen lassen, aber wollte dich informieren, dass ich heute den ganzen Tag unterwegs sein werde.«

Sie nahm Emmas Brustwarzen zwischen zwei Finger und begann sie sanft zu kneten. Ein leises Stöhnen entkam

Emmas Lippen und sie spürte, wie sie sofort feucht wurde. Es war unheimlich, wie schnell diese Frau sie erregte.

Sams Hände griffen nach ihren Armen und schoben sie von ihrer Taille weg, bis sie über Emmas Kopf lagen. Mit einer Hand hielt sie ihre Handgelenke fest und schob ihren Kopf unter die Decke. Als Emma die Lippen auf ihrer Brust spürte, keuchte sie laut auf. Sam verstand dies als Aufforderung und begann Emmas Busen mit Zähnen, Zunge und Lippen ausgiebig zu liebkosen, während ihre andere Hand die Pyjamahose bis zu Emmas Knien hinunter schob. Als ihre Finger zwischen Emmas Beine glitten und in die Nässe eintauchten, keuchte auch sie kurz auf.

»Verdammt, wie unmittelbar du auf mich reagierst.«

Ihre Worte und ihr heißer Atem entlockten Emma ein weiteres, tiefes Seufzen. Sie konnte es kaum erwarten, Sam zu spüren, doch deren Hand verschwand, sobald sie sich von Emmas Erregung überzeugt hatte. Emma stöhnte frustriert auf, als sie spürte, wie etwas Kühles, Hartes gegen ihre Klitoris strich.

»Ich möchte, dass du heute an mich denkst, *Belle*. Und

an das, was ich am Abend mit dir tun werde.« Sams Hand bewegte sich und Emma spürte eine und dann eine weitere Kugel in sich hineingleiten. Sie zog scharf die Luft ein, als Sams Finger sanft über ihre Klitoris glitten. Einmal, zweimal - und sich wieder zurück zogen. Die Bettdecke hob sich und Sams Wärme und Geruch verschwanden.

»Du wirst viel an mich denken.« Sams Stimme kam aus Richtung Tür und Emma öffnete die Augen. Sie erhaschte einen Blick auf ihre kleinen, festen Brüste, bevor Sam sich umdrehte und die Tür öffnete.

»Wage es nicht, die Kugeln zu entfernen oder dich anzufassen. Das Vergnügen gehört am Abend ganz allein mir.« Und damit schloss sich die Tür hinter ihr.

Emma blickte ihr fassungslos nach und warf sich dann entnervt auf die andere Seite - um gleich darauf vor Lust aufzustöhnen. Die Kugeln in ihr vibrierten und ihr ohnehin schon hochstimulierter Körper reagierte mit einem gierigen Zittern.

»Du verfluchtes Biest«, rief sie fast verzweifelt und vergrub ihr Gesicht im Kissen.

Der Tag war eine süße Hölle. Bei jedem Schritt spürte sie die Kugeln in ihrem Inneren nachschwingen und ihre Sehnsucht nach Sams Rückkehr wachsen. Ihre schönen, starken Hände, die sie erlösten, die Vibrationen in ein Erdbeben verwandelten und sie mit sich fortrissen.

Sie bedachte Anthony lediglich mit einem kurzen "Hallo", statt wie üblich mit einem kleinen Plausch bei einem Kaffee, und schon diese kurze Höflichkeit kostete sie einiges an Selbstbeherrschung. Es war, als ob Sam die ganze Zeit in ihr war, sie ausfüllte, neckte, erregte - und wieder und wieder nicht erlöste. Jede noch so kleine Bewegung löste eine Hitzewelle in ihr aus, und mehrmals war sie kurz davor, sich selber - entgegen Sams Warnung - zu befreien. Stattdessen fluchte sie wie ein Rohrspatz und verkroch sich schließlich mit Strickzeug, zwei Büchern und einer Tasse Tee in ihrem Zimmer. Wenn sie schon zum Nichtstun verdammt schien, dann wollte sie es wenigstens genießen.

NEUNZEHN

Emma drehte sich vorsichtig, um Sam anzusehen, die mit dem Rücken zu ihr lag. Sie atmete ruhig, aber Emma war sich sicher, dass auch sie nicht mehr schlief, obwohl sie sich seit dem Abend gründlich an ihr verausgabt haben musste.

Sie sah vor ihrem inneren Auge erneut das dezent teuflische Grinsen, mit dem Sam gestern Abend von der Arbeit heim gekommen war. Tatsächlich etwas früher als gewöhnlich.

Interessanter Zufall - oder?

»Ich hoffe, du hast deinen Tag genossen?« Die Betonung des letzten Wortes war alles andere als Zufall, und wie als Antwort vibrierten die Kugeln erneut in ihrem Inneren.

»Danke. Er war so entspannend wie jeder andere, seitdem ich hier bin«, hatte sie versucht, nonchalant zu antworten. Aber Sams Blick ließ sie fast vor Verlangen auf die Knie gehen.

»Das ist schön«, sagte Sam nach einem kurzen Moment und hängte ihr Jackett an die Garderobe.

»Ich wollte noch einen Drink am Pool nehmen. Magst du mir Gesellschaft leisten?« Ihre Stimme klang sachlich, aber Emma hatte den Hunger in ihren Augen gesehen. Sie wollte den Moment wohl noch etwas hinauszögern. *Fies.*

»Sehr gerne. Der Abend ist zu schön, um ihn nicht noch etwas zu genießen.«

Sam richtete zwei Drinks her und ging dann voraus Richtung Pool. Emma folgte ihr langsam. Es war eine sehr schöne Rückenansicht. Eine gut sitzende Anzugshose, ein schmal geschnittenes Hemd, das den wohl definierten Oberkörper erahnen ließ - der schöne Nacken unter dem akkurat gestutzten Schopf ...

Sam musste ihren Blick gespürt haben, denn sie warf ihr einen Blick über die Schulter zu, bevor sie die Drinks auf dem Tischchen zwischen den Liegestühlen abstellte.

»Du wirkst etwas erhitzt.«

»Es war ein heißer Tag.«

Das Wasser des Pools war schon den ganzen Nachmittag sehr verlockend gewesen, aber Emma glaubte nicht, dass sie es ertragen hätte, die kühle Sanftheit auf ihrer nackten Haut zu spüren. Jedwede Art von Berührung wäre eine zu viel, mit den beiden neckenden Dauerbesuchern in ihr.

Sam war unbemerkt an sie heran getreten und legte nun ihre Arme von hinten um sie. Emma hätte beinahe vor Verlangen aufgeschrien.

»Du sehnst dich nach Abkühlung, nicht wahr? Oder nach Erlösung? Oder vielleicht nach beidem?«

Sie bemerkte, dass Sam sich ihres Hemdes entledigt haben musste, aber es war schon zu spät. Mit einem Stoß landete sie im kühlen Nass. Und konnte den Schrei nicht länger zurückhalten. Er sollte nicht der Letzte sein.

Sam folgte ihr, kaum dass sie wieder aufgetaucht war, und drängte sie an den Rand des Beckens.

»Ein verdammt heißer Tag, da hast du recht«, murmelte sie und presste ihr nasses Haar in Emmas Nacken. Ihre Hände tauchten unter, glitten über Emmas Busen, ihr Becken, schlüpften unter den nassen, schwimmenden Stoff ihres Kleides, streiften den Slip hinunter und zogen sanft an der Schnur mit den Kugeln. Emma keuchte.

»Hast du dich mit deinen schönen Händen selber berührt, oder gebührt das Vergnügen der Erlösung alleine mir?« Sams Stimme war dunkel vor aufgestautem Verlangen.

»Dir.«

»Das ist gut.« Mit einem leichten Ruck zog Sam erneut an den Kugeln und erstickte Emmas Schrei der Lust mit einem tiefen Kuss. Die Kugeln glitten aus ihrem Körper, um sofort von Sams kühlen Fingern ersetzt zu werden. In ihr, auf ihr, schnell, hart und herrlich fordernd. Sie flog und fiel binnen Sekunden.

»Du bist schon wach? Ich hatte gedacht, ich hätte mich ausreichend an dir ausgetobt, so dass du sicher bis Mittag schlafen würdest. War ich nicht gründlich genug?« Sam drehte sich um und sah ihr mit einem kleinen Lächeln in die Augen.

»Du weißt genau, wie verdammt gründlich du warst, Frau Eversteen.«

»Vielleicht sollte ich mich persönlich davon überzeugen.« Sams unwiderstehliches Lächeln wuchs, genauso wie das Feuer in ihren Augen.

»Musst du nicht in die Arbeit?«

»Heute muss ich nichts. Außer zur Abwechslung mal eine anständige Gastgeberin zu sein.«

Während Sam unter der Dusche verschwand, bereitete Emma den Kaffee zu und griff nach einem der Magazine im Regal, um ein bißchen zu schmökern.

"Es begann mit einem Meuchelmord unter göttlichen Geschwistern. Der Erdgott Geb und die Himmelsgöttin Nut hatten vier Kinder: die Zwillinge Isis und Osiris sowie Seth und Nephthys. Isis und Osiris heirateten und regierten das Land, aber Seth war als Gott der Wüste eifersüchtig auf Osiris' Herrschaft über das fruchtbare Niltal. Er brachte ihn bei einem Trinkgelage dazu, sich in eine hölzerne Truhe zu legen, und übergoss die Kisten mit heißem Blei und versenkte sie im Nil. Isis barg den Leichnam ihres Mannes, aber Seth fand den toten Bruder und zerstückelte ihn in vierzehn Teile. Nur ein unversehrter Leib, so der Glaube, konnte im Totenreich weiter existieren.

Isis aber spürte alle Leichenteile auf und setzte sie mit Hilfe von Zauberkraft wieder zusammen. Ein Organ blieb verschwunden: den Penis des Osiris hatte der rachsüchtige Seth im Nil versenkt, wo er von Fischen gefressen wurde. Isis formte ein Ersatzglied und empfing so von dem noch einmal zum Leben erwachten Gemahl den Sohn Horus. Osiris wurde Herrscher des Totenreichs, Horus besiegte Seth und regierte als Erbe Osiris auf Erden - als erster Pharao.

Isis ist bis heute ein Symbol für die Weisheit des Weiblichen. Astrologisch ist sie dem Erdzeichen der Jungfrau zugeordnet, ihre Urkraft in Form einer Schlange zeigt sich sichtbar am Äskulapstab, dem Symbol des ärztlichen Standes."

»Hast du dich fest gelesen?« Sam setzte sich neben sie, nachdem sie ihr einen leichten Kuss auf die Stirn gegeben hatte. Sie schien heute sehr großzügig mit Berührungen aller Art zu sein.

»Mir ist aufgefallen, dass du ein großes Interesse an Mythologie und Geschichte zu haben scheinst.« Emma wedelte mit der Zeitschrift.

»Ja, meine Leidenschaft, so lange ich denken kann. Nachdem ich mit Märchen durch war, kam Geschichte dran. Die kann ebenfalls sehr märchenhaft sein, was mir als Realistin immer wieder ganz gut tut.«

Sie griff nach ihrer Tasse und fuhr für einen Moment gedankenverloren über den Schriftzug.

"Erst Kaffee, dann die Welt"

Emma hätte es nicht gewagt, die andere beschriebene

Tasse von ganz hinten hervor zu holen. Das war Sams Vergangenheit, nicht für sie bestimmt.

»Was hältst du davon, wenn ich dir heute mal ein bisschen was von der Gegend zeige. Und danach könnten wir zu Anthony ins Restaurant gehen. Er hat mir gesagt, dass er dich eingeladen hat, vorbei zu schauen.«

»Gern. Ich mag es, wenn die Realistin mir märchenhafte Dinge zeigt.« Emma versteckte ihr Schmunzeln hinter der Kaffeetasse.

»Wenn du dich nicht zusammenreißt, wird es nur ein kurzer Ausflug in die Außenwelt werden, meine Gute.« Sam blickte sie durchdringend an, aber das Funkeln in ihren Augen konnte sie nicht zurückhalten. Emma griff lachend nach ihrer Hand und drückte sie kurz:

»Ich verspreche, mich ab jetzt zu benehmen.«

ZWANZIG

Es klingelte an der Tür und Emma blickte erstaunt zu Sam, die hochgeschreckt war und ihr Buch zu Boden fallen gelassen hatte. Sie wirkte wie ertappt, schien also um diese relativ späte Stunde auch keinen Besuch zu erwarten - nicht dass Emma überhaupt gedacht hätte, dass Sam viele Besucher hatte.

Nach einem Seitenblick auf Emma, die ihr Strickzeug

in den Schoß gelegt hatte - Eden brauchte neue Wintersocken, und nichts entspannte sie besser, als ihre Hände zu beschäftigen - seufzte Sam kurz auf.

»Das nächste Mal werden wir uns nicht wieder anziehen und den Abend im Wohnzimmer ausklingen lassen. Scheint eine indirekte Einladung für Besucher zu sein. Und gibt mir nun keine Ausrede, nicht zu öffnen. Nun, dann will ich mal nachschauen gehen ... « Sie erhob sich und ihre Schritte entfernten sich hallend durch den Flur. Neugierig geworden stand Emma ebenfalls auf und ging bis zur Terrassentür, von welcher sie einen Blick auf den abendlichen Besuch erhaschen konnte.

Eine ältere Dame mit großem Hut stürmte durch die Haustür, kaum dass Sam sie einen Spalt geöffnet hatte:

»Na, du elende Eigenbrötlerin. Nachdem du wochenlang nicht auf meine Anrufe reagiert hast, muss ich doch mal persönlich nachschauen kommen, was du so in deiner Einsamkeit treibst ... « Die Dame stoppte mitten im Satz und richtete ihre erstaunlich blauen Augen auf Emma. Sam folgte ihrem Blick und runzelte leicht verärgert die Stirn, als sie Emma in dem Türrahmen erblickte.

»Aber du bist ja gar nicht allein ... wer hätte das gedacht.« Die Alte wirkte fast zufrieden, während sie Emma genauer in Augenschein nahm. Sam schnaubte lautstark, als sie merkte, dass sie um eine Vorstellung beider Personen nicht mehr herum kam:

»Darf ich vorstellen: meine Tante Doree, und Emma Moore, eine ... Freundin von mir.«

»Sehr erfreut.« Die Tante steckte ihre Hand aus und Emma schüttelte sie mit einem Nicken.

»Ebenfalls.« Sie blickte zu Sam, die etwas hilflos wirkte, zuckte die Schultern und wandte sich wieder mit einem freundlichen Lächeln an die alte Dame.

»Darf ich Ihnen ein Glas Wein anbieten? Oder lieber einen Tee?«

»Ein Glas guter Wein wäre ganz reizend, Schätzchen. Aber lassen wir sich doch die Dame des Hauses darum kümmern und hocken uns schon einmal auf ein Pläuschchen auf die Terrasse, was?« Sie griff Emma leicht am Oberarm und marschierte auf die spaltbreit geöffnete Tür zu. Emma blickte über ihre Schulter erneut zu Sam, die noch immer leicht überfordert da stand.

»Was soll ich ihr sagen?«, fragte sie lautlos und endlich reagierte Sam.

»Sei zivilisiert und überfahre Emma nicht gleich mit deiner Neugierde, Doree. Denk daran, der erste Eindruck ist der Wichtigste.«

Die alte Frau kicherte und hob ihre Hand, um Sam über ihren Rücken zuzuwinken:

»Keine Sorge, meine Liebe. Im Gegensatz zu dir habe ich es noch nicht verlernt, ein gänzlich unverbindliches Schwätzchen zu halten.«

Emma fragte sich im Stillen, was sie wohl unter unverbindlich verstehen würde, doch die Antwort ließ nicht lange auf sich warten. Kaum hatte ihr Hosenboden die Sitzfläche des Stuhls berührt, als Doree schon mit einem liebenswürdigen Lächeln fragte:

»Und, wie habt ihr beiden euch kennen gelernt?«

»Wir haben eine gemeinsame Bekannte ... «, antwortete

Emma vage und spürte, dass diese Antwort der Alten nicht genügen würde. Doch nach einem Blick in ihre Augen summte Doree erstaunlicherweise lediglich leise und lehnte sich im Stuhl zurück:

»Samantha hat es schon immer geliebt, Geheimnisse zu haben. Sicherlich hast du ebenfalls noch kein Sterbenswörtchen von mir gehört, nicht wahr?«

Emma nickte.

»Selbstredend. Ich bin die Schwester ihres Onkels Cedrick - von dem du dann wohl auch noch nie gehört hast.« Die alte Dame schüttelte den Kopf. »Wie soll ich mich nur angeregt mit dir unterhalten, wenn überall Tretminen lauern ...«

Sie richtete ihren forschenden Blick auf Sam, die diesen Moment nutzte, um ihnen Gesellschaft zu leisen. Sie musste Dorees letzte Worte gehört haben, denn sie warf ihr einen finsteren Blick zu, bevor sie das Glas Wein vor ihr abstellte.

»Vielleicht beschränken wir unsere Unterhaltung auf Dinge, die unsere Privatsphären wahren«, schlug Sam vor und setzte sich auf den Stuhl, der zwischen den beiden stand. Sie wirkte zunehmend unentspannt.

»Wie langweilig«, murmelte Doree, bevor sie das Glas ergriff und einen großen Schluck nahm. »Immerhin hast du bei Wein einen besseren Geschmack als bei Gesprächsthemen.« Sie funkelte Sam noch einmal herausfordernd an, bevor sie sich zurück lehnte:

»Dann ist der Plan, ein paar Gläser zu trinken und uns gegenseitig anzuschweigen? Das hätte ich alleine auch gekonnt.«

Emma sah, wie Sam die Stirn runzelte und sich auf die Unterlippe biss, bevor sie lautstark ausatmete.

»Und, wie geht es dem alten Herrn? Geht er noch jeden Samstag seine Partie Bridge spielen?«

»Selbstverständlich. So wie ich jeden Samstag Carrie besuche, um sie um mindestens zwei Stücke ihres wundervollen Kuchens zu erleichtern. Und du, meine Gute? Verbringst du deine Abende noch immer am liebsten mit Arbeit, um nicht hinaus in die Welt zu müssen?«

Emma sah, wie Dorees Worte Sam trafen. Doch die alte Dame bemerkte selber, dass sie etwas zu scharf ins Schwarze getroffen hatte.

»Entschuldige. Aber es ist Ewigkeiten her, dass du dich bei uns blicken lassen hast. Und Carrie fragt auch immer mal wieder nach dir. Wir sind zwar nicht deine Altersklasse, aber doch deine Familie. Du fehlst uns, Samantha.«

Ein kleiner Seufzer entfloh Sams Lippen, fast zu leise, um ihn wahr zu nehmen.

»Ihr fehlt mir doch auch, Doree«, sagte sie schließlich.

»Ich könnte einen Kuchen backen«, platzte es aus Emma heraus, noch bevor sie weiter nachgedacht hatte. Beide Augenpaare wandten sich ihr zu.

»Ich meine ... falls meine Hilfe erwünscht ist. Das Wetter ist so schön, man könnte hinaus fahren ... « Sie schwieg und sah Sam an. Sie hatte Sam unterstützen wollen, aber war vielleicht dabei etwas übers Ziel hinaus geschossen. Sam runzelte die Stirn, doch dann nickte sie.

»Sonntag Nachmittag. Wir machen ein Picknick, draußen beim "Zeiger". Pack Cedrick und Carrie ein ... und wen auch immer du noch dabei haben willst. Und etwas Gutes aus deiner Speisekammer. Emma backt einen Kuchen ... und ich werde mich um die Antipasti kümmern. Fünfzehn Uhr.«

Sam verlor weder an diesem Abend noch in den folgenden Tagen ein weiteres Wort über das bevorstehende Event am Sonntag. Emma hatte sie gefragt, was denn der "Zeiger" sei, nachdem sich die Tür hinter Tante Doree geschlossen hatte, aber Sam hatte sie mit einer kurzen Erklärung abgefertigt:

»Nun, das Geheimnis wird sich am Sonntag lüften. Ebenso wie meine bucklige Verwandtschaft sich einmal wieder lüften lässt. Schaden wird ihnen das ganz sicher nicht.«

EINUNDZWANZIG

Sonntag. Der Tag der buckligen Verwandtschaft samt
Picknick am "Zeiger". Und ihr letzter Tag in Sams
Gesellschaft. Das heutige Datum stand schwarz auf weiß in
dem Vertrag und besiegelte das Ende ihres Abkommens.

Emma lag im Bett und starrte an die Zimmerdecke.
Sam war vor wenigen Minuten aus den Federn gekrabbelt,
nachdem sie Emma ausgiebig vernascht hatte. Ihre Wärme

hatte sich schon verflüchtigt. Emma zog die Bettdecke bis zu ihrem Kinn hinauf. Fast fröstelte sie, was nicht nur an der kühlen Morgenluft lag, die durch das geöffnete Fenster hinein wehte. Die Endgültigkeit des heutigen Tages fühlte sich kälter an, als es ein Sommermorgen je zu sein vermochte.

Sie schloss für einen Moment die Augen und spürte der Erinnerung von Sams Händen nach, die gerade eben noch über ihren Körper getanzt waren und eine heiße Glut entfacht hatten. Sie fühlte ihre eigenen Hände noch immer Sams Rücken hinab streichen, ihren Brustkorb wieder hinauf gleiten und Sams kleine, hübsche Brüste umschliessen. Sams Haut auf ihrer eigenen war ein unbeschreibliches Gefühl. Sie sehnte sich danach, ihren ganzen Körper auf sich zu spüren, Haut auf Haut bis hin zu den intimsten Stellen zu genießen. Sam, die sich wie eine große, warme Decke nackt auf sie legte und sie fest und sicher hielt, nachdem sie sie bis zu den Sternen hinauf katapultiert hatte.

Das Geräusch der Dusche im Badezimmer verstummte. Einen Augenblick später steckte Sam ihren nassen Schopf durch den Türspalt.

»Auf, auf, Murmeltier. Wir haben noch viel zu tun, bevor wir die Bande mit unserer Anwesenheit beehren müssen.«

Emma nickte lediglich, und suchte Sams Augen. In dem dunklen Grün stand kein vergnügtes Funkeln, wie so oft in den vergangenen Tagen - aber auch nicht die Schwermut, die sie in sich selbst verspürte. *Es war nur ein Vertrag, eine Absprache - nicht mehr.* Sie versuchte es sich einzuhämmern, es sich selbst so oft zu sagen, bis der Schmerz weniger werden würde. Doch sie versagte kläglich. Was immer sie beide am Anfang vereinbart hatten - ihre Gefühle hatten es überrollt, weggefegt. Sie hatte in jeden Kuss, in jede Berührung mehr hinein interpretiert als tatsächlich da war, hatte es gewagt, auf mehr zu hoffen ... und würde nun mit den sinnlosen Entwürfen eines unmöglichen Traumes klarkommen müssen. *Verdammte Träumerin, was hast du dir nur dabei gedacht?*

Schwarz auf weiß. Ein Marmorkuchen wäre wohl die passende Antwort darauf, aber Emma ließ sich nicht dazu hinreißen, ihre Gefühle so offen auf den Tisch zu stellen. Nein, es würde Großmutters Apfelkuchen werden, wie immer, wenn es etwas zu feiern gab. Und wenngleich der Abschied von Sam alles andere als ein solcher Grund war - Sams Treffen mit ihren Verwandten schien es durchaus zu sein.

»Ach du Scheiße«, entfuhr es Sam, als sie den Wagen um die Kurve lenkte. Emma sah gleich die Gesteinsformation, die "Zeiger" genannt wurde. Ein einzelner, hoch aufragender Stein zwischen mehreren großen Brocken, die fast kreisförmig verstreut lagen. Links von diesem kleinen Stonehenge wuselte eine kleine Gruppe bunt gekleideter Menschen um eine aus groben Holzdielen gebaute Fläche herum. Rauch stieg von einem Grill auf. Das, was sich dort vor ihren Augen abspielte, war mehr als ein ordinäres Picknick.

»Sie können es einfach nicht lassen.« Sam schaltete mit gerunzelter Stirn in den Rückwärtsgang, um die einzig verbliebene Parklücke zu nutzen. Emma schüttelte grinsend den Kopf:

»Ich glaube, daran bist du selber schuld. Wie lange

haben sie dich schon nicht gesehen?«

Sam schnaubte nur unwillig und stieg aus dem Auto.

»Du hast gesagt, ich soll einpacken, wen auch immer ich dabei haben will. Und du weißt doch, wie sehr ich Gesellschaften liebe.« Tante Doree zwinkerte Emma zu, bevor sie Sam am Arm fasste. »Und du entspannst dich jetzt mal und genießt, was ich aufgetischt habe. Heute gehörst du nur deiner Familie - und wir sind deine ... wie sagt man so schön? Homies. Also bitte keine falsche Scheu. Du wurdest vermisst, aber keiner ist dir deswegen böse. Also, rein ins Gewühl mit dir.«

Sie schob Sam mit einem freundlichen Klaps in Richtung der anderen Gäste, um sich dann wieder Emma zuzuwenden. »Und du kommst einfach mit mir mit. Den Kuchen kannst du dort auf dem Tisch abstellen. Er sieht übrigens sehr gut aus.«

Die Picknickgesellschaft bestand aus zwei jüngeren Paaren und einer Menge weißhäuptiger Frauen und Männer. Sie stellten sich Emma als Onkels und Tanten vor, und luden ihren Teller mit reichlich Grillgut und Salat voll, bevor sie sie an einen langen Tisch bugsierten. Emma sah Sams dunklen Schopf am anderen Ende sitzen, in eine angeregte Unterhaltung vertieft. Aber sie lächelte, warf sogar einmal vor Lachen den Kopf in den Nacken. Sie schien sich wohl zu fühlen. Und je weiter der Tag andauerte, umso mehr entspannte sich auch Emma inmitten all der fremden Menschen, die sie freundlich und mit zurückhaltender Neugier in ihrer Mitte aufnahmen.

Als die Sonne dem Horizont entgegen wanderte, entzündeten die beiden jüngeren Männer, die sich bislang für den Grill verantwortlich gefühlt hatten, ein kleines Feuer. Tante Doree tauchte mit einer Gitarre in der Hand auf, gefolgt von zwei ergrauten Männern mit Saxophon und einer Laute. Sie nahmen zwischen Feuerstelle und der errichteten Holzfläche Platz, und begannen zu musizieren. Emma merkte, wie ihre Füße im Takt mitzuwippen begannen, während die ersten Gäste aufstanden und sich langsam zur Musik bewegten.

"Würdest du mir das Vergnügen bereiten, mit mir zu tanzen?" Sam tauchte plötzlich neben ihr auf und streckte formvollendet ihre Hand aus. Emma lächelte und konnte es sich nicht verkneifen, einen kleinen Knicks anzudeuten, bevor sie sich auf die Tanzfläche führen ließ.

"Sehr gerne, Frau Eversteen."

Die Band spielte eine Art langsamen Walzer und Sams starke Hand auf ihrem Rücken drückte Emmas Körper näher gegen ihren eigenen, während sie sie mit traumwandlerischer Sicherheit über das grob gezimmerte Parkett gleiten ließ.

Kein Ballsaal konnte mithalten, kein Kronleuchter schöner sein als der Sternenhimmel über ihnen - und selbst die Wiener Philharmoniker konnten baden gehen neben der zusammengewürfelten Band aus weißhaarigen Köpfen, die ihnen den Takt vorgab. Für einen Moment spürte Emma dieses Gefühl, das in Hollywoodfilmen immer für die große Liebesgeschichte stand: die Welt schien den Atem anzuhalten und stillzustehen. Und in diesem einen Moment ließ sie sich mit allen Sinnen hineinfallen.

ZWEIUNDZWANZIG

Sam presste ihre Lippen an Emmas Hals und verlangsamte den Rhythmus ihrer Finger in ihrem Innersten. Emmas leise Seufzer brandeten an ihr Ohr, und es kostete sie einiges an Kraft, sie nicht schnell und hart zu nehmen. Aber sie wollte diesen Moment genießen, ihn auskosten so lange es ging, festhalten ... diese Frau festhalten und die Lust, die sie ihr bereitete, einatmen, mit jeder Faser ihres Körpers aufnehmen.

Seit langem war ihr Abschiedsex nicht mehr so schwermütig erschienen und fast grausam vorgekommen. Sie wollte nicht, dass Emma aus ihrem Leben ging - aber es war der einzig mögliche Weg.

»Sam, ich ...«

Fast ersehnte sie die magischen drei Worte, die sie so fürchtete. Aber Emma kannte sie sicher genug, um sich davor zu hüten. Und es war alles andere als der richtige Moment. Sie würde es im Rausch ihrer Sinne sagen, am Ende ihrer Vertragslaufzeit. Zu einer Frau, die sie für ihre Anwesenheit und Verfügbarkeit bezahlt hatte.

» ... ich will deine Zunge.«

Diese Worte waren im Moment die weitaus besseren. Sams Lippen verzogen sich zu einem Lächeln, bevor sie einen zarten Kuss auf Emmas Nacken presste.

»Die sollst du bekommen.« Sam glitt langsam an Emmas Körper hinab, während ihre Hand den langsamen Takt des Eintauchens und Zurückziehens beibehielt. Unter ihr zitterte Emma vor Lust und Erwartung. Sam ließ ihren Kopf zwischen Emmas Beine sinken und verkniff sich ein Stöhnen, als ihre Zunge in die nasse Flut eintauchte.

Schweigend saßen sie gemeinsam am Küchentisch, Tassen mit dampfendem Kaffee zwischen sich stehen. Es war Zeit, sich zu verabschieden, aber keine von ihnen wusste, was sie sagen sollte.

»Danke für alles«, murmelte Emma schließlich, während ihre Augen vorsichtig Sams Blick suchten. Die Schwarzhaarige schenkte ihr ein kleines Lächeln:

»Ich habe zu danken. Es war mehr, als ich jemals gehofft hätte.« Sie ließ es bei dieser kryptischen Bemerkung, griff nach ihrer Kaffeetasse und lehnte sich im Stuhl zurück. »Ich würde dir gerne ein weiteres Angebot machen. Dieses Mal gänzlich ohne ... «

Sie unterbrach sich und fuhr sich mit der freien Hand durch die Haare. »Ohne Hintergedanken wäre wohl nicht ganz richtig ausgedrückt. Du würdest nicht mehr in die Verlegenheit kommen, einer fremden Frau deine "Dienste" anbieten zu müssen, wenn der Plan aufgeht. Ich kenne einige Firmen, die neue Mitarbeiter suchen. Ich würde dir gerne ein Vorstellungsgespräch vermitteln, wenn du Interesse hast.«

»Das wäre sehr freundlich ... « Emma war etwas sprachlos ob diesem Vorschlag. Aber natürlich, Sam war eher vernünftig als romantisch. Ein weiteres Treffen zwischen ihnen beiden würde mehr voraussetzen und implizieren, als da war. Sie hatte inzwischen verstanden, was sie nicht für Sam sein konnte. Es machte sie traurig, aber sie konnte und würde nichts verlangen, was nicht möglich war. Und es war auf eine andere Art schön zu wissen, dass Sam trotzdem einen Schritt über ihre gemeinsame Zeit hinaus dachte.

»Ich hatte ohnehin nicht vor, jemals wieder einen Fuß ins Catkin zu setzen - außer um einen Kaffee mit Sascha zu trinken - aber etwas Hilfe auf dem Weg zu einem seriösen Job nehme ich gerne an.«

»Gut, dann ist das abgemacht. Du wirst in den nächsten Tagen eine Einladung zum Vorstellungsgespräch bekommen. Ich halte meine Versprechen.«

Bevor die Stille nach dieser Konversation von ihnen Besitz nehmen konnte, und zu schwer und zu endgültig zu werden drohte, stand Emma auf.

»Dann will ich mal los. Ich muss ja auch noch den kleinen Wirbelwind einsammeln, bevor es nach Hause geht.« Sam erhob sich ebenfalls und begleitete sie schweigend zur Tür. Doch bevor Emma sie öffnen konnte, spürte sie starke Hände, die sie sanft, aber bestimmt umdrehten. Und Sams Lippen, die sich zum Abschied noch einmal lange und fordernd auf die ihren pressten.

»Es war mir ein Vergnügen, Emma.« Sams Augen gruben sich für einen viel zu kurzen Moment in ihre, bevor sie den Moment der Nähe, den sie selber kreiert hatte, unterbrach. »Gute Fahrt und sicheres Heimkommen.« Und damit öffnete sie die Tür, und blickte Emma nach, bis sie ins Auto gestiegen war. Sie hoben beide noch einmal die Hand zum Abschied, dann startete Emma den Wagen und fuhr davon.

Die Tage nach der Rückkehr zogen sich Emmas Empfinden nach wie Kaugummi. Ihre Wohnung, die sie sonst so liebevoll als "kleines Reich" betitelt hatte, schien viel zu voll und eng zu sein, so dass es kaum Platz zum Atmen gab. Die große Zahlenreihe plus auf ihrem Konto nahm ihr zwar einen Großteil ihrer Sorgen, aber vermochte sie trotzdem nicht aufzumuntern. Sie verspürte nicht die geringste Lust, sich etwas Schönes von dem Geld zu gönnen, obwohl sie es sich vorher so herrlich ausgemalt hatte. Und als Eden dann noch eine heftige Erkältung aus der Schule mitbrachte und ihre Mutter ausgiebig daran teilhaben ließ, gewann das Selbstmitleid endgültig die Oberhand.

Halb vergraben in einem Haufen Papiertaschentücher schluchzte Emma sich die Seele aus dem Leib, während ihre Nase immer roter wurde. Sie fühlte sich einsam, verloren und hin und wieder auch ein wenig benutzt. Während sie bei Sam war, hatte sie sich noch einreden können, dass ihre Beziehung mehr war als ein Werkvertrag, dass die Gefühle bestehen würden - und zwar auf beiden Seiten. Aber ihr Handy blieb stumm, was den aufblinkenden Namen "SAM" betraf. Und ihr Herz heulte einsam in ihrer Brust.

Sie wollte mehr sein als nur eine Gespielin, mehr als ein Vertragsgegenstand. Sie war es wert, mehr als das zu sein, verdammt noch mal. Aber sie war es wohl nicht für Sam. Es

stand schwarz auf weiß, was es werden sollte, durfte, war ...
aber das Herz hörte nicht auf Worte, weder geschrieben noch
ausgesprochen. Es hatte einfach einen elendigen Dickschädel.

Mechanisch kochte Emma Tee und Suppe für sich und
Eden, las ihr Geschichten vor und lag dann lange mit offenen
Augen neben ihrer schlafenden Tochter und starrte Löcher in
die Zimmerdecke.

Als die Erkältung sie beide endlich wieder aus ihren
Fängen entließ, gab es einen Grund weniger dafür, den ganzen
Tag auf der Couch zu verbringen. Doch auch das nervte
Emma, anstatt sie zu erleichtern. Sie war ein hoffnungsloser
Fall ... schon vor Sam, aber erst recht danach.

Aber es gab einen Lichtblick. Sam hielt ihr
Versprechen. Wenige Tage später lag eine Einladung zu einem
Vorstellungsgespräch in Emmas Briefkasten. Als die Erkältung
nach zwei weiteren Tagen hörbar abgeklungen war, rief sie
sofort in der Firma an und bestätigte der sehr freundlichen
Stimme am anderen Ende der Leitung den Termin.

Emma war etwas nervös, als sie das Bürogebäude betrat. Sich als Escort zu verdingen oder in einer Gärtnerei zu arbeiten, war kaum mit einem Job in dieser Firma zu vergleichen. Auch wenn sie sich sicher war, den Anforderungen durchaus genügen zu können - nicht umsonst hatte sie damals Wirtschaft studiert - es war so verdammt lange her. Ihr Leben hatte sich von ihrem einstigen Plan unendlich weit entfernt. Die Rückkehr war nun zum Greifen nahe - und schien surrealer als alles andere.

»Frau Maguire hat mir mitgeteilt, dass, sollten Sie unser Angebot annehmen, Ihre zeitliche Verfügbarkeit nicht verhandelbar ist. Wir haben es schriftlich einmal festgehalten, Sie können sich somit darauf verlassen.« Er schob ihr einen aufgeklappten Ordner über den Schreibtisch.

»Das ist der Vertrag. Lesen Sie ihn sich in aller Ruhe durch. Ich bin in einer Viertelstunde wieder da. Möchten Sie einen Kaffee? Dann lasse ich Ihnen einen bringen?«

Emma nickte dankend und wandte sich dem Papier vor ihr zu.

Der Vertrag war gut, und der Kaffee war es auch. Emma spürte einen schweren Stein von ihrer Seele rollen, als ihr klar wurde, dass ihr Leben nun eine Wendung in eine bessere Richtung nahm. Und sie hatte es Sam zu verdanken. Ja, sie hatte einige schwere Tage hinter sich. Aber das Herz würde heilen, und dieser Job würde sie vor einer erneuten Dummheit à la Samantha Eversteen bewahren. Sie atmete tief ein und setzte schwungvoll ihren Namen auf das Papier.

DREIUNDZWANZIG

Die Tür zum Konferenzraum wurde geöffnet und Emma erstarrte, als sie Sam eintreten sah.

»Guten Morgen.«

Ihre Stimme vermochte auch jetzt, noch Wochen später, ihr eine sofortige Gänsehaut zu bescheren. Während sie noch versuchte, die Situation zu erfassen, ging Sam mit sicherem Schritt zum Kopf des Tisches und nahm Platz.

»Sind wir komplett?« Sie ließ ihren Blick über die Anwesenden schweifen und verharrte für den Bruchteil einer Sekunde, als ihre Augen sich auf Emma richteten. Aber ihr Gesichtsausdruck gab weder Freude noch Erkennen, geschweige denn ein schlechtes Gewissen, preis.

»Sascha Blider aus dem Einkauf wird sich etwas verspäten, Frau Maguire. Er hat noch einen Anruf von Maxwell.«

Sam nickte. »Gut. Wir werden trotzdem schon beginnen.«

Sie nahm ihre Lesebrille aus dem Etui und schlug den schwarzen Folder auf, der vor ihr auf dem Tisch lag.

»Einige von ihnen kennen mich noch nicht persönlich, und ich möchte gerne anbieten, dass wir uns heute nach Dienstschluß bei einem Drink etwas besser kennen lernen. Ich weiß, dass die Übernahme einer Firma auch immer mit Sorgen und Umstellungen verbunden ist, und ich möchte gerne dazu beitragen, etwaige Unklarheiten aus dem Weg zu räumen. Vorab noch einmal offiziell: Sie haben alle bisher sehr gute

Arbeit geleistet, und ich habe kein Interesse daran, irgendetwas zu verändern. Never change a winning team, wie es so treffend heißt. Es gab einige Neuanstellungen, die aber vor allem ergänzend und vernetzend wirken sollen und nicht, wie vielleicht von manchen befürchtet, Entlassungen zur Folge haben werden. Ich hoffe, damit schon einige Fragen vorab beantwortet zu haben?«

Sie blickte erneut in die Runde und wieder ruhten ihre Augen einen Moment zu lange auf Emma, die innerlich vor Zorn brodelte. »Gut. Dann beginnen wir mit dem ersten Punkt auf der heutigen Agenda... «

Sam verließ den Konferenzraum und Emma sprang so eilig auf ihre Füße, dass ihre Sitznachbarin ihr einen besorgten Blick zuwarf.

»Zuviel Kaffee ... «, murmelte sie und war froh, dass die Kollegin es mit einem Lächeln kommentierte:

»Kenn ich.«

Emma brachte ein schiefes Grinsen zustande und verließ den Raum gemessenen Schrittes. Sobald sie um die

Ecke bog, fiel sie jedoch in einen schnellen Laufschritt und erwischte Sam noch, bevor sie die Tür zu ihrem Büro hinter sich schließen konnte.

»Frau Maguire, auf ein Wort bitte.«

Sam blickte sie ruhig an und öffnete die Tür weit genug, damit Emma ebenfalls eintreten konnte.

»Natürlich. Ich denke, es ist Zeit.« Sie warf einen Blick in den Gang, bevor sie die Tür gänzlich schloss und sich zu Emma herumdrehte, die bereits damit begonnen hatte, Furchen in den Teppich zu laufen.

»Emma, ich ... «

Wutentbrannt wirbelte Emma herum und machte zwei Schritte auf Sam zu.

»Sag jetzt nichts!«, brüllte sie, bevor sie tief einatmete und sich innerlich zur Ruhe rief. »Lenox Maguire, ja? Und was ist mit Samantha Eversteen? Ich habe dir vertraut und du hast mich angelogen?«

Emma ballte die Hände zu Fäusten, um das Zittern zu unterdrücken. Sam blickte sie ruhig an, ging um den Schreibtisch herum und deutete auf den Platz gegenüber von ihr.

»Setz dich.«

»Den Teufel werd ich tun«, blaffte Emma wütend zurück. Sam runzelte die Stirn, aber ihre Stimme blieb ruhig.

»Mein voller Name ist Samantha Lenox Eversteen-Maguire. Was eine Lüge ausschließen dürfte. Und nun setz dich bitte.«

Emma nahm widerwillig auf dem Rand des Stuhls Platz. »Du bist also die Chefin hier, ja? Du hast diese Firma aufgekauft, bereits vor zwei Monaten. Warum hast du es mir nicht gesagt, anstatt mich glauben zu lassen, dass du lediglich eine Empfehlung bei einer befreundeten Abteilungsleiterin aussprechen würdest? Ich will keine Almosen mehr von dir, verdammt noch mal.«

»Eben aus diesem Grund habe ich es dir nicht gesagt. Weil du mir nicht geglaubt hättest, dass dieses Jobangebot kein Almosen ist. Du hattest zwanzig Mitbewerberinnen, ich zeige dir gerne die Unterlagen wenn du das wünschst. Du warst diejenige, die sich anhand ihres Auftretens und ihrer Qualifikationen durchgesetzt hat. Das einzige Zugeständnis, was ich dir gemacht habe, ist die Unverhandelbarkeit deiner Arbeitszeiten.«

»Und jetzt erwartest du wahrscheinlich, dass ich mich bei dir bedanke?« Emma war noch immer wütend, aber nach Sams Worten wusste sie nicht mehr so recht, wohin damit. Also schoss sie das Magazin leer, wohl wissend, dass sie unfair wurde.

»Nein. Ich erwarte nichts dergleichen von dir, Emma. Lediglich, dass du deine Arbeit hier gut machst, was bisher absolut der Fall ist. Ansonsten habe ich keinerlei Forderungen an dich.«

»Na, das wäre ja dann mal etwas ganz Neues«, entfuhr es Emma, und sie bereute den Satz im gleichen Moment, in dem er ihre Lippen verließ. »Entschuldige ... das war nicht so gemeint.«

»Doch, ich denke, dass war es«, sagte Sam ruhig, aber ihre Hände hatten sich so fest um die Armstützen des Stuhls gekrallt, dass ihre Fingerknöchel weiß hervortraten. Emma hatte sie schwer getroffen.

»Warum hast du das getan, Sam? Du hast mich bezahlt, wir sind auseinander gegangen und damit hätte unsere Geschichte am Ende sein sollen. Oder?« Emma würde den Teufel tun und ihr gestehen, wie sehr sie sich nach ihr gesehnt hatte. Nach ihrer Stimme, ihrem seltenen Lächeln, ihren Berührungen, an die allein der Gedanke reichte, um ihr eine schlaflose Nacht zu bescheren. Sam schwieg, so dass Emma schließlich aufstand.

»Wie auch immer. Ich bin froh über diesen Job und danke dir dafür. Ich hoffe, dass wir gut miteinander arbeiten werden, trotz unserer Vorgeschichte. Solltest du dennoch Probleme bezüglich unserer Zusammenarbeit sehen, werde ich in den nächsten Tagen selbstverständlich meine Kündigung einreichen.« Sie wandte sich zur Tür, als sie hörte, wie der Bürostuhl so schwungvoll zurück geschoben wurde, dass seine Lehne laut gegen die Wand knallte.

»Verdammt noch mal, Emma. Dann hätte ich dir wohl niemals angeboten, dir ein Vorstellungsgespräch verschaffen zu können, oder? Es reicht jetzt. Bleib stehen und hör mir zu.«

Emma drehte sich um und blickte in ein nur mehr

mühsam beherrschtes Gesicht. Sams Augen loderten in einem grünen Feuer und ihr Körper lehnte auf ihre Hände gestützt über dem Schreibtisch.

»Ich bin kein geduldiger Mensch. Ich bin es gewohnt, das zu bekommen was ich will, und wenn ich dafür bezahlen muss. Ich wusste, dass ich dich vermissen würde. Aber ich wollte dir kein weiteres finanzielles Angebot mehr unterbreiten. Du und Eden, ihr habt begonnen mir etwas zu bedeuten und ich konnte es nicht zulassen, euch aus meiner Reichweite gehen zu sehen.«

Sie atmete tief aus und ließ ihre Augen von Emmas Gesicht weiter nach unten wandern. »Ich würde dich jetzt am liebsten in den Arm nehmen, lange küssen und dich auf meinem Schreibtisch vögeln, aber dazu habe ich kein Recht mehr. Ich respektiere das, weil ich dich respektiere. Aber du kannst dir sicher denken, wie schwer mir diese Beherrschung fällt. Doch der Ball ist bei dir. Du weißt inzwischen, wie ich bin und was ich brauche, was ich geben kann und was mich herausfordert. Sollte dich das alles nicht hindern, steht dir meine Tür offen.«

Sie zog eine Visitenkarte aus ihrer Brusttasche und legte sie vor sich auf den Tisch. »Eden natürlich auch. Wenn doch, verstehe ich das. Aber mit deiner Anstellung hat das nichts zu tun und wird es nicht. Ich vermische niemals Berufliches mit Privatem.«

»Noch nicht einmal deinen Namen«, flüsterte Emma. Sam sah sie irritiert an.

»Bitte?«

Emma schüttelte den Kopf. »Ist schon gut. Ich danke dir für deine Ehrlichkeit. Ich werde darüber nachdenken.«

Sie trat ein paar Schritte vor und griff nach der Visitenkarte. Sams Emotionen streiften sie, kaum dass sie in ihre Nähe kam und sie spürte eine Gänsehaut ihren Nacken entlang kriechen.

»Ich wünsche Ihnen noch einen schönen Tag, Frau Maguire.« Damit verließ sie das Büro, bevor ihr Körper sie verraten konnte. Sie zitterte noch immer, aber dieses Mal aus purer Erregung.

VIERUNDZWANZIG

Emma drückte den Klingelknopf und schob beide Hände in ihre Hosentaschen, während sie wartete. Sie war noch immer etwas wütend, aber es war zunehmend Nervosität, die sich in ihr ausbreitete. Sie hatte Sam vermisst, und nicht nur sie. Auch Eden hatte des Öfteren gefragt, ob Sam nicht mal zu Besuch kommen würde. Es war schwierig gewesen, sie wieder und wieder zu entschuldigen, ohne die Wahrheit zu offenbaren.

»Sie wohnt nicht in dieser Stadt, Eden. Und sie hat sehr
viel zu tun. Aber wer weiß, vielleicht schafft sie es bald mal.«

»Ich vermisse sie. Glaubst du, dass sie uns gar nicht
vermissen kann?«

Ein Schatten tauchte hinter dem Milchglas der Tür auf
und Emma holte tief Luft, als Sam öffnete. Sie war wie immer
makellos gekleidet, als gäbe es kein Zugeständnis an
Bequemlichkeit. Der graue Anzug saß wie eine zweite Haut
und ihr kurzes, lockiges Haar war mit Gel gebändigt. Aber ihr
Gesicht entgleiste kurz, als sie Emma sah. Überraschung,
Freude und eine kurze Unsicherheit flackerten in ihren Augen,
bevor sie die Lippen zusammenpresste und den Kopf leicht
neigte.

»Schön, dass du gekommen bist.« Sie wirkte wieder
sicher und gefasst, aber Emma sah, dass ihre Hand auf dem
Türknauf leicht zitterte.

»Darf ich reinkommen?«, fragte sie, als Sam keine
Anstalten machte, beiseite zu treten.

»Oh. Ja, natürlich. Magst du einen Kaffee?«

»Ehrlich gesagt lieber etwas Stärkeres.«

Sams grüne Augen musterten sie tief, bevor sie mit der Hand ins Haus deutete.

»Gerade durch ist das Wohnzimmer. Ich bin gleich bei dir.«

Emma trat ein und erkannte gleich einige Möbel wieder, die sie während ihrer zwei Wochen bei Sam gesehen hatte. Es schien, als wäre sie nicht nur auf Zeit hierher gezogen. Emmas Magen krampfte sich leicht zusammen, als ihr klar wurde, dass Sam nun ein Teil ihres Lebens war, allerdings auf eine ganz andere Art, als sie es sich hin und wieder heimlich gewünscht hatte. Sie war nun ihre Chefin und wohnte im benachbarten Bezirk.

»Bitteschön.« Sam war auf leisen Sohlen eingetreten und hielt ihr ein Glas Cognac hin. Emma griff danach und als sich ihre Fingerspitzen berührten, fuhr es wie ein Blitz durch ihren Körper. Sie wandte sich zum Tisch und atmete tief ein, bevor sie sich setzte.

»Du bist also umgezogen?«

Sam zog den Stuhl vom Tisch weg und nahm ihr gegenüber Platz.

»Ja. Durch die Fusion ist derzeit hier mehr für mich zu tun. Aber ich habe mein anderes Haus behalten. Zu viele Erinnerungen, um es zu verkaufen.« Der Blick ihrer Augen war unergründlich und Emma verwarf den Gedanken, dass es dabei auch um ihre gemeinsamen Erinnerungen gehen konnte.

»Also ... ich will gar nicht lange um den heißen Brei herum reden, Sam. Bevor ich überhaupt darüber nachdenken möchte, was ich mit dir und der gesamten Situation machen soll, möchte ich wissen, wer du eigentlich bist.«

Sam blickte sie fast belustigt an.

»Du hast niemals im Internet über mich recherchiert? Auch durch meinen privaten Namen wärst du irgendwann auf Umwegen zu der ganzen Wahrheit gelangt.«

Emma nahm einen kleinen Schluck Cognac und genoß für einen Moment sein volles Aroma in ihrem Mund.

»Nein. Ich war sehr versucht, das gebe ich zu. Aber ich wollte, dass du mir irgendwann genug vertraust, um es mir selber zu sagen. Aber da habe ich vergebens gehofft.«

»Dann will ich dir nun diesen Gefallen erweisen, auch wenn es reichlich spät dafür ist. Ich denke, das schulde ich dir.« Sam holte tief Luft und schloß für einen Moment die Augen. Sie sah gequält aus, aber Emma beschloss, dieses Mal nicht nachzugeben. Sie schwieg, bis Sam schließlich zu sprechen begann.

»Mein Bruder Tobias war vierzehn, meine kleine Schwester Elinor sechs und ich acht Jahre alt, als eines Nachts in unserem Haus ein Feuer ausbrach. Es war ein altes Anwesen der Familie und die Stromleitungen hätten schon vor langer Zeit erneuert gehört. Aber meine Eltern waren viel beschäftigt und schoben es immer wieder auf, bis es zu spät war. In dieser Nacht starben sowohl sie als auch meine kleine Schwester. Mein Bruder und ich kamen schwer verletzt ins Krankenhaus. Während man mich wieder relativ gut zusammen flickte, fiel mein Bruder nach einer achtstündigen Operation in ein Koma, aus dem er bis heute nicht wieder erwacht ist.« Sie leerte ihr Glas in einem Zug und ging hinüber zur Schrankbar, um sich nachzuschenken.

»Ich war mit acht Jahren die einzige Überlebende einer angesehenen, sehr wohlhabenden Familie. Wären meine Tante Carrie und mein Onkel Maven nicht gewesen, hätten mich die Geier bei lebendigem Leibe verspeist. Sie waren kinderlos und nahmen mich auf. Meine Tante versuchte mich alle Dinge zu lehren, die eine Frau von Welt können sollte, aber daran war ich weniger interessiert. Zu den paar Dingen, die ich behalten habe, gehört ihr Rezept für Pancakes.« Sie warf Emma ein kleines Lächeln zu, aber es erreichte nicht ihre Augen.

»Mein Onkel verwaltete mein Geld und legte einen Treuhandfond an, schickte mich auf eine Privatschule und brachte mir, als ich alt genug war, alles bei, was man in der Geschäftswelt wissen musste. Während ich dafür ein großes Talent bewies, sah es in der Wahl meiner Freunde und Liebschaften düster aus. Sie sahen in mir einen Goldesel und ich ließ mich ausnehmen wie die sprichwörtliche Weihnachtsgans. Bis ich es eines Tages kapierte und beschloss, die Kontrolle über mein Leben zu übernehmen. Da ich über das nötige Geld verfügte, konnte ich mir auch aussuchen, wem ich es gab. Und ich konnte dafür sorgen, dass es keine unangenehmen Folgen mehr geben würde, indem ich mich nicht mehr auf gefühlsmäßige Verstrickungen einließ. Ich bezahlte und bekam dafür, was ich brauchte. Ich hatte genug damit zu tun, an meiner Karriere zu arbeiten und ich vermisste nichts - bis mein Onkel vor zwei Jahren starb und meine Tante nach einem Schlaganfall nicht mehr alleine wohnen konnte. Da fing ich an, über mein Leben nachzudenken. Aber ich ging nie soweit, die hart erarbeitete Kontrolle aufzugeben, die mich gerettet hatte. Ich wollte nie wieder Gefühle meine Sicht trüben lassen. Und es fiel mir noch immer sehr leicht ... bis du und Eden in mein Leben tratet.« Sie schwieg und starrte an Emma vorbei ins Nichts.

»Plötzlich habe ich gesehen, was ich haben könnte ... wenn ich es mir erlauben würde.«

»Und warum erlaubst du es dir nicht?«, fragte Emma leise in die Stille hinein. Ihre Stimme zitterte mit den ganzen Emotionen, die in ihr während Sams Geständnis aufgestiegen waren. Vieles war nun klarer und verständlicher. Sams unbändiger Wille nach Kontrolle, ihre Reserviertheit, der

Vertrag ... aber auch diese Wärme, wenn sie mit Eden redete. Jeder Mensch trug sein Schicksal eingraviert in seinem Charakter, und Sams schwerer Prägestempel konnte nur tiefe Kerben geschlagen haben.

»Es ist nicht leicht. Und es ist definitiv nicht leicht für die Person, die sich auf mich einlässt. Vielleicht wage ich es nicht, das jemandem ... euch ... zuzumuten.« Sam blickte noch immer an ihr vorbei, als wagte sie es plötzlich nicht mehr, ihr in die Augen zu schauen.

»Nun ...«, sagte Emma, als sie sich wieder einigermaßen gesammelt hatte,

»Ich denke, Eden und ich haben ja nun schon ein bißchen Vorsprung in unserer Erfahrung mit dir. Vielleicht zeigt uns die Zeit, dass es gar keine solche Zumutung ist, wie du jetzt denkst.«

Sie stand auf und trat einen Schritt auf Sam zu, bevor sie ihre Hand ausstreckte und sie vorsichtig an der Wange berührte. Sam fuhr zurück als wären ihre Finger glühendes Eisen, bevor sie nachgab und ihr Gesicht gegen Emmas

Handfläche schmiegte.

»Ich bin zwei Wochen mit dir klargekommen, Sam. Und hin und wieder finde ich deinen Kontrollfetisch auch sehr sexy. Ich denke, ich bin bereit, mir das mal eine Weile anzugucken.« Sie lächelte, als Sams grüne Augen endlich wieder in ihrem Gesicht landeten.

»Was hältst du davon, wenn ich nächste Woche nach der Arbeit mit Eden bei dir vorbei komme?«

In Sams Augen glühte ein grüner Funke auf, der eine plötzliche Hitze durch ihre Eingeweide strömen ließ. Verdammt, sie konnte es noch immer. Emma schluckte das leise Stöhnen, welches ihr auf den Lippen lag, entschlossen runter.

»Okay?«

»Ich würde mich freuen«, sagte Sam, und die Ahnung eines Lächelns lag auf ihren Lippen.

FÜNFUNDZWANZIG

Es war nervenaufreibend, Sam bei der Arbeit immer wieder über den Weg zu laufen. Wann immer sie sich im Korridor begegneten, brannten Sams Augen auf ihrer Haut wie Feuer. Emma wusste, dass sie es nicht mehr allzu lange würde herauszögern dürfen, sich erneut privat mit Sam zu treffen. Doch trotz ihrer optimistischen Worte von neulich Abend war da etwas in ihr, das sie zurückhielt. War es die

Angst davor, sich endgültig auf Sam einzulassen? Sie im Geschäftsleben zu sehen, zeigte ihr noch einmal die ganz andere Seite dieser wunderschönen Frau. Sie war kühl, kontrolliert und unnahbar - ganz so wie bei ihrem allerersten Treffen. Diese unterkühlte Erotik hatte noch immer einen starken Effekt auf Emma. Es reizte sie, forderte sie heraus - aber dennoch sehnte sie sich auch nach der Unbeschwertheit, die sie mit Sam in den zwei Wochen im Sommer erlebt hatte.

Des weiteren war Sam ihre Chefin, sie hatte sich ihr in allen Belangen unterzuordnen. Das erinnerte sehr an ihren ersten Vertrag, den sie miteinander abgeschlossen hatten. War es nun wirklich etwas anderes? Wieder bezahlte Sam sie für ihre Leistungen - nicht gerade gute Voraussetzungen, um neu anzufangen, oder?

Und dann war da noch Eden. Sie hatte Sam in den zwei Wochen sehr lieb gewonnen - was scheinbar immerhin auf Gegenseitigkeit beruhte. Aber konnte Emma es darauf ankommen lassen, Eden wieder dieser Konstellation auszusetzen, um sie vielleicht dann doch erneut herausreißen zu müssen?

Diese Fragen brannten genauso stark auf ihrer Seele wie Sams Blick auf ihrer Haut. Emma verzehrte sich nach der Schwarzhaarigen, aber mit jedem Tag, der verstrich, wurde die Angst größer statt kleiner. Sie beschloss, endlich Nägel mit Köpfen zu machen und versetzte ihren Computer in den Ruhemodus, bevor sie sich auf den Weg zu Sams Büro machte.

Die Tür stand einen Spalt weit offen und als Emma näher trat, drangen laute Worte an ihr Ohr.

»Es war ein Fehler meinerseits. Ich schulde dir nichts, Veronica. Und ich lasse mich nicht erpressen.« Sams Stimme klang kaum beherrscht. Emma hielt den Atem an und blieb einige Schritte von der Tür entfernt stehen.

»Und ich lasse mir diese Gelegenheit nicht entgehen, Lenox. Warum soll ich nicht davon profitieren, dass meine jetzige Chefin eine Frau ist, mit der ich das Bett geteilt habe?« Die Stimme, die Sam antwortete, war triumphierend - und die Worte, die sie sprach, trafen Emma wie ein Messer ins Herz.

»Was willst du? Mir einen Strick drehen aus der Tatsache, dass wir vor langer Zeit betrunken etwas

Bettgymnastik gemacht haben?« Sam klang nun eindeutig wütend. Die Frau, die sie Veronica nannte, lachte.

»Den Strick würde ich lieber nutzen, um mich von dir ans Bett fesseln zu lassen.«

Emma spürte, wie die Übelkeit ihr den Hals hinaufkroch. Sie wäre am liebsten getürmt, wenn die verdammte Neugier sie nicht wie angewurzelt auf ihrem Platz gehalten hätte. Das Gespräch drehte sich zwar um etwas aus Sams Vergangenheit, aber es schien unmittelbaren Einfluss auf ihre Gegenwart zu haben. Und, wie das Thema verhieß, auch auf ihre.

»Keine Sorge, Lenox. Ich werde dich nicht zwingen, mit mir zu schlafen. Es geht mir nur um dein Geld. Ich denke, nachdem ich letztes Mal von dir entlassen wurde, steht mir nun eine saftige Gehaltserhöhung zu. Oder was meinst du?«

Sam schnaubte.

»Ich habe dich entlassen, weil du Firmengeheimnisse nach Außen getragen hast, nicht weil wir miteinander geschlafen haben. Und ich werde dich erneut entlassen, wenn mir etwas Derartiges zu Ohren kommt, ungeachtet jedweder

Drohung von deiner Seite.«

Veronica lachte erneut und Emma hörte, wie ein Stuhl weggeschoben wurde.

»Wir werden sehen. Mein Angebot gilt. Dein unbeschadeter Ruf für eine Gehaltserhöhung, die dir sicher nicht allzu weh tun wird.«

Schritte näherten sich der Tür. Emma wandte sich eilig ab, schlich in den Besprechungsraum gegenüber und schloss die Tür. Dadurch konnte sie allerdings die Person nicht mehr sehen, die soeben Sams Büro verließ. Leise öffnete sie die Tür wieder, als die schnellen Schritte an ihr vorbei gerauscht waren und erhaschte noch einen Blick auf einen kurzen Rock und eine braune Kurzhaarfrisur. Sie hatte diese Frau schon einmal gesehen, aber konnte sich nicht erinnern, in welcher Abteilung das gewesen sein mochte.

Als die Frau um die Ecke bog, atmete sie erleichtert auf und verließ den Raum - und blickte direkt in die grün funkelnden Augen Sams, die in ihrer geöffneten Bürotür stand.

»Kann ich Ihnen helfen, Frau Moore? Die Besprechung

ist doch erst in einer Stunde, soweit ich weiß ... « Sams Stimme klang tief und ihr Zorn vibrierte unmissverständlich darin.

Emma entschloss sich, nicht darauf einzugehen und zuzugeben, was sie alles gehört hatte. Sie wollte zunächst selber darüber nachdenken, bevor sie Sam mit irgendetwas konfrontierte.

»Richtig, Frau Maguire. Ich wollte nur nachsehen, ob ausreichend Stühle vorhanden sind.«

Aber sie hatte die Rechnung ohne den Wirt gemacht.

»Das fällt wohl kaum in Ihren Aufgabenbereich, Frau Moore.« Sam blickte sie scharf an und ihr Stirnrunzeln vertiefte sich.

»Aber ein guter Zufall, dass Sie da sind. Ich wollte sowieso noch etwas mit Ihnen besprechen. Haben Sie einen Moment Zeit für mich?«

Emma seufzte innerlich auf.

»Natürlich.«

Sam öffnete die Tür etwas weiter und deutete Emma mit einem Kopfnicken, einzutreten. Kaum dass sich die Tür hinter den beiden geschlossen hatte, fühlte Emma Sams Hände auf ihrer Taille, die sie zu sich heranzogen, bis ihr Rücken Sams Körper berührte. Sie spürte Sams Brüste durch den Stoff ihres Kostüms und zitterte, als ein Stromstoß von Lust sie durchfuhr. Aber als sie versuchte, sich aus Sams Umarmung zu befreien, stellte sie fest, dass es eher ein Festhalten war, als ein Anflug von Zärtlichkeit.

»Sam«, murmelte sie, aber der Griff verstärkte sich lediglich. Und als Sam endlich sprach, war die Wut in ihrer Stimme noch immer nicht verschwunden.

»Ich nehme an, dass du alles gehört hast.« Es war eine Feststellung, keine Frage, also machte Emma sich nicht die Mühe, zu nicken.

»Ich dachte, du hältst dich fern von emotionalen Verstrickungen?«, kommentierte sie lediglich trocken. Sams linke Hand strich ihren Bauch hinauf und verharrte kurz unterhalb der Wölbung ihres Busens. Wieder musste Emma ein Zittern unterdrücken.

»Veronica ist ein Biest, wie es im Buche steht«, flüsterte Sam, ihr heißer Atem direkt an Emmas Ohr.

»Ich wusste nicht, dass sie hier arbeitet. Ich hätte meine Hausaufgaben besser machen müssen.«

»Immerhin hast du sie ins Bett gekriegt, ohne dafür bezahlen zu müssen.« Emma bereute den Satz im gleichen Moment, da er ihren Mund verließ und versuchte erneut, sich aus Sams Umklammerung zu befreien. Aber Sam ließ sie nicht gehen, sondern stattdessen ihre Hand weiter nach oben wandern, bis sie ruhig und warm auf Emmas Busen lag. Emma biss sich auf die Lippen.

»Sam, lass mich sofort los.« Doch ihr Körper verriet sie, denn er presste sich fast wollüstig gegen Sams Hand und ein eindeutiges Stöhnen entkam ihr, als Sams zweite Hand sich ebenfalls auf ihre Brust schob.

»Ich kann spüren, dass du mich ebenfalls in dein Bett lassen würdest, ohne dass ich dafür bezahlen müsste. Richtig?« Da war sie wieder, die Samantha vom ersten Abend. Bestimmend, fordernd, kalkulierend. Kaum eine Ähnlichkeit zu der verletzlichen Person, der sie neulich Abend begegnet war.

»Ich könnte dich jetzt sofort nehmen, ohne dass du
etwas dagegen hättest, Emma Moore.« Sams Stimme hatte
ihren Zorn verloren und brandete dunkel und verheißungsvoll
an ihr Ohr.

»Aber ich will nicht nur deinen Körper, ich will dich
ganz. Ich will, dass du dich freiwillig meiner und deiner Lust
hingibst. Ich will, dass du mir vertraust, dass du weißt, du bist
die Einzige, die mich interessiert. Veronica war ein Fehler, du
bist ganz sicher keiner. Aber ich will sicher sein, dass auch ich
keiner für dich bin.« Sams Daumen kreisten einmal kurz über
den Stoff, der sich direkt über Emmas Brustwarzen befand und
sie keuchte laut auf. Dann waren die Hände verschwunden und
Sam ging an ihr vorbei, um sich hinter ihrem Schreibtisch
niederzulassen.

»Veronica hat keine Chance gegen mich. Es ist mir
egal, was andere über mich denken, denn ich weiß, was ich
kann. Meine Professionalität wird jegliche Gerüchte schnell
wieder zum Verstummen bringen. Aber sie wird keinen Fuß
mehr auf den Boden kriegen, wenn sie es wagt, sich mit mir
anzulegen.« Sam setzte sich ihre Brille auf und griff nach

einigen Unterlagen, die auf ihrem Tisch lagen.

»Ich wiederhole es noch einmal: Eden und dir steht meine Tür jederzeit offen. Aber bitte kommt erst, wenn du dir über alles im Klaren bist.« Der kurze Blick, den Sam ihr zuwarf, enthielt für Sekunden eine stumme Bitte. Dann vertiefte sie sich in die Lektüre der Papiere und entließ Emma ohne einen weiteren Blick.

»Das ist alles, Frau Moore. Wir sehen uns dann beim Meeting.«

Emma stand noch einen Moment sprachlos da, bevor sie ihre Bluse richtete.

»Natürlich, Frau Maguire. Und Sam ... du bist ein Arschloch.« Damit verließ sie schnellen Schrittes das Büro.

SECHSUNDZWANZIG

Sams Hände zitterten wie Espenlaub, als sich die Tür hinter Emma schloss. Sie ließ die Papiere fallen und lehnte sich im Sessel zurück, bevor sie tief einatmete. *Du bist ein Arschloch.* Nun, damit hatte Emma sicher nicht ganz unrecht. Wann immer sie das Gefühl hatte, dass die Dinge ihr entglitten, verschanzte sie sich hinter der Fassade, die sie erst dahin gebracht hatte, wo sie heute stand. *Kontrolle.* Dabei war Emma die eine Person, der sie erlaubt hatte, sie so zu sehen wie sie wirklich war. Die Person, bei der Sam wollte, dass sie sie so sah, wie sie war. Und so mochte, wie sie war. *Liebte*, wie sie war. Dass sie sexuell mehr als nur gut kooperierten, daran hatte wohl auch Emma keine Zweifel. Aber sie damit zu ködern, sie damit gefügig zu machen, um eventuell eine Szene zu vermeiden - oder zu verhindern, dass Emma tiefer in ihrer Vergangenheit grub - das war tatsächlich alles andere als fair.

"Glaube nicht dass ich nicht spüre, etwas verändert sich
Lange warst du der schönste Teil des Lebens für mich
Ich seh in deine Augen, doch du bist nicht mehr da
Und ich weiß genau, der Sturm ist nah
Es wird ernst, geht es um uns oder dich

Sag nicht, was auf deinen Lippen liegt
Schau zurück, bevor die Tür zuschlägt
Sei dir sicher, bevor die Würfel fallen
Für unsere Liebe, ihr Feuer und die Erinnerung
Was wir beide waren ... "

Es hatte einmal jemanden in ihrem Leben gegeben, vor langer Zeit. Jemanden, für den sie ähnlich intensive Gefühle entwickelt hatte wie für Emma. Doch sie beide waren jung gewesen - zu jung um zu begreifen, dass man sich am meisten verletzen konnte, wenn man sich liebte. Dass man sich am ehesten aus dem Leben vertrieb, wenn man es zu leichtfertig, zu selbstverständlich miteinander lebte. Und dass man sich für immer aus den Augen verlieren konnte, auch wenn man Lebenszeit miteinander geteilt hatte.

Sie wollte diesen Fehler niemals wiederholen, hatte es sich selber geschworen. Hatte sich verbarrikadiert, hinter ihrem Status, ihrem Geld, ihren Narben ... hatte sich unerreichbar verschanzt vor der Liebe und dem Leben. Sie war sich so unglaublich sicher vorgekommen, so verdammt siegesgewiss. Und hatte sich doch nur selber bekriegt - und lange Zeit besiegt. Jetzt atmete sie wieder, seit dem Moment, in dem Emma und Eden in ihr Leben getreten waren. Die ersten

Atemzüge hatten weh getan, aber nun war sie sich sicher. Sie hatte zurück geschaut, der Vergangenheit und der Wahrheit in die Augen. Sie hatte gezögert, sich gewunden und ihre Einsamkeit vor sich selber zu verteidigen versucht. *Man gewöhnt sich an alles. Es ist besser, niemandem zu vertrauen als sich selber.* Dann hatte sie kapituliert - und es hatte sich wie ein Sieg angefühlt. Sie hatte ihre Karten auf den Tisch gelegt - doch wie die Würfel fallen würden, lag nun allein in Emmas schönen Händen.

Sams Unruhe hatte sich noch immer nicht verflüchtigt, als sie die wenigen Schritte zum Besprechungsraum hinüberging. Fast fürchtete sie sich davor, Emma ins Gesicht zu blicken. Sie wollte den berechtigten Vorwurf darin nicht lesen. Aber auch wenn sie die vergangene Stunde darüber gebrütet hatte, wie sie sich entschuldigen konnte, es war ihr nichts Vernünftiges eingefallen. Also würde sie die Fassade aufrecht erhalten, so gut sie es unter Emmas - sicherlich vernichtendem - Blick vermochte, und so schnell wie möglich eine Gelegenheit zur Wiedergutmachung suchen. Und hoffentlich auch finden.

Bevor Emma ihr endgültig die Tür vor der Nase zuknallte und nicht nur lautstark hinter sich ins Schloss fallen ließ. Sie atmete tief ein und öffnete die Tür.

Ihre Augen suchten nach Emmas, kaum dass sie am Tisch Platz genommen hatte. Emma erwiderte ihren Blick ruhig, aber sie konnte nichts darin lesen. Entnervt ballte sie ihre Hände unter dem Tisch zu Fäusten und atmete tief ein. *Ruhig, Samantha. Das hier ist nicht das Ende des Kapitels. Und sofern du Glück hast, auch nicht das Ende der Geschichte. Nur alleine weiterlesen wirst du dieses Mal nicht können.* Sie schob ihre Brille auf die Nase und ließ ihren Blick dieses Mal über alle Anwesenden schweifen.

»Danke, dass ihr alle da seid.« Sie hatte keinen Grund, sich für die Anwesenheit ihrer Angestellten zu bedanken, aber es fühlte sich gerade gut an. Es waren die kleinen Dinge, die etwas Großes bewirken konnten. Heute hatte sie mehr als sonst das Bedürfnis, ihrem Team klar zu machen, dass sie eben genau das waren. Ein Team, das gemeinsam schaffte, leistete und erreichte. Und dass sie, auch wenn sie das letzte Wort hatte, an nichts anderem interessiert war.

»Ich werde dieses Meeting kurz halten, es ist schon spät und einige von ihnen haben pünktlich privaten Verpflichtungen nachzukommen.« Wieder streiften ihre Augen Emma, aber dieses Mal trafen sie nicht auf die ihren. Emma hatte sich mit einem Lächeln ihrer Sitznachbarin zugewandt. Was hätte Sam gerade darum gegeben, die Empfängerin dieses Lächelns zu sein. Sie straffte ihre Schultern.

»Ich wollte euch allen nur eine kurze Rückmeldung unserer gemeinsamen Arbeitswoche geben, und vor dem Wochenende Raum für etwaige Fragen und Beschwerden schaffen. Ich hoffe natürlich, dass es davon möglichst wenige gibt.« Sie zwinkerte der Gruppe vor ihr zu und erntete Lächeln und Kopfschütteln.

»Alles bestens, Frau Maguire«, tönte eine erfrischend vorlaute Stimme. Sam wandte sich grinsend an den Rufer:

»Das kann ich zurückgeben. Euch allen.«

Stühle scharrten auf dem Boden und die Versammlung löste sich mit entspannten Verabschiedungen und guten Wünschen fürs Wochenende auf. Sam war froh, dass sich alle wohlzufühlen schienen. Sie sammelte ihre Papiere zusammen und erhob sich, ihre Augen auf Emma gerichtet, die im Türrahmen stand und sich von einer Kollegin verabschiedete. Sam zögerte und wartete, bis Emma alleine war, bevor sie sich erhob und auf sie zuging. Sie versuchte, den brennenden Wunsch nach Erlösung aus ihren Augen zu verbannen.

»Ich wünsche dir und Eden ein schönes Wochenende, Emma.«

»Dir ebenso, Sa ... Frau Maguire.« Emma warf einen vielsagenden Blick in den Korridor, wo einige ihrer Kollegen herumstanden. Sam versuchte ein kleines Lächeln.

»Bis dann.« Sie wandte sich ab und steuerte auf ihr Büro zu. Schnelle Schritte in ihrem Rücken brachten sie dazu, ihre eigenen zu verlangsamen. Sie hoffte, wandte sich aber nicht um.

»Morgen Abend, Sam - sofern es dir passt. Eden und ich«, raunte Emma ihr im Vorbeigehen zu. Sam musste sich auf die Lippen beißen, um nicht vor Erleichterung aufzustöhnen. Sie nickte Emma zu und erntete dafür ein kleines Zwinkern. Die Hitze fuhr ihr direkt in den Unterleib. So eine kleine Geste und so eine verdammt große Wirkung. Sie schluckte tief, bevor sie sich weiter auf den Weg zu ihrem Büro machte. Die Würfel waren gefallen - auf welche Zahlen würde sie noch herausfinden müssen. Morgen Abend.

SIEBENUNDZWANZIG

Als Sam ihnen am nächsten Abend die Tür öffnete, hätte Emma sie bei ihrem Anblick am liebsten geküsst. Aber sie wusste, wohin dieser Kuss sie unweigerlich führen würde, wenn Sam sie auch nur halb so sehr vermisste, wie sie sich nach ihr sehnte. Und abgesehen davon, dass es dafür in der derzeitigen Situation noch zu früh schien - das weitaus größere Argument gegen diese Aktion ließ laut jubelnd ihre Hand los:

»Sammy ... « Eden stürzte auf Sam zu und tat, wonach Emma sich gerade noch so sehr gesehnt hatte. Sie sprang an der groß gewachsenen Frau hoch und schlang ihre Arme um sie.

»Guten Abend, Madame.« Sam lächelte und eine Horde Schmetterlinge nisteten sich in Emmas Magengegend ein.

»Bist du gewachsen, seit wir uns das letzte Mal gesehen haben?«

Eden kicherte und stupste Sam gegen die Nasenspitze.

»Nein, Dummie. Du bist vielleicht geschrumpft. Obwohl du immer noch größer bist als Mama.« Sie hüpfte wieder von Sams Arm herab und lief ein paar Schritte ins Haus hinein:

»Wohnst du jetzt hier?«

Sam blickte Emma an und zuckte entschuldigend mit den Schultern.

»Bitte, kommt doch herein. Ich habe Pizza bestellt, ich wusste nicht, ob ihr vielleicht noch hungrig seid ... « Sie sah fast verlegen aus, etwas unbeholfen - und unglaublich süß. Emma biss sich auf die Unterlippe, um ein Lachen zu unterdrücken:

»Eden wird dich knutschen. Sie liebt Pizza.«

»Ich hoffe, du auch.«

Ob dieser doppeldeutigen Antwort musste Emma doch lachen. Es sprudelte aus ihr heraus und Sam blickte sie einen Moment schweigend an, bis auch ihre Mundwinkel zu zucken begannen:

»Also dann ... hinein in die gute Stube.«

Während des Essens bestritt Eden den größten Teil der Unterhaltung, während Emma und Sam sich darauf beschränkten, ihr zu antworten, viel über sie zu lachen und sich hin und wieder verzehrende Blicke zuzuwerfen. Emma hatte nun keinen Zweifel mehr daran, dass Sam sich genauso sehr nach ihr gesehnt hatte wie umgekehrt. Und es gab auch keinerlei Zweifel daran dass ihre Entscheidung, heute hierher zu kommen, richtig gewesen war. Es fühlte sich unglaublich gut an, wieder gemeinsam an einem Tisch zu sitzen, und es war unglaublich schön, Sam mit Eden rumalbern zu sehen. Umso mehr, als sie nun wusste, dass Eden sie an ihre kleine Schwester

Elinor erinnern musste. Sie sah den beiden zu und in ihr fielen Puzzleteile zusammen, fügten sich aneinander und ergaben ein fast komplettes Bild. Als Sam sie dann fragte, ob sie über Nacht bleiben wollen und Eden eifrig nickte, gab es keine andere Antwort mehr als:

»Definitiv.«

Eden schlief schon tief und fest, noch bevor Emma die Geschichte beendet hatte. Sie gab ihrer Tochter einen Kuss auf die Stirn, bevor sie die Decke bis zum Kinn hochzog und auf leisen Sohlen das Zimmer verließ.

Als sie ins Wohnzimmer trat, stand Sam mit einem Glas Cognac in der Hand in der offenen Terrassentür, ihren Blick ins Dunkel der Nacht gerichtet.

»Sam?«

Die Schwarzhaarige drehte sich zu ihr um und Emma ertrank in dem grünen Feuer, welches in ihren Augen loderte. Da war Verlangen, Lust und unglaubliche Wärme, so stark, dass ihr der Mund trocken wurde. Sie leckte sich über die Lippen, bevor sie nach den Worten griff, die ihr schon so lange auf der Zunge lagen:

»Sam, ich will dich. Ich will dich genauso sehr, wie du mich, genauso sicher, wie es in deinen Augen steht. Aber dieses Mal will ich dich ganz, Sam. Ohne verbundene Augen, ohne Stoff zwischen uns und ohne, dass ich meine Hände bei mir behalten muss. Ich will dich spüren, alles von dir, mit allem von mir.«

Sam zögerte kurz, das Licht in ihren Augen flackerte unsicher, aber Emma schüttelte leise lächelnd den Kopf.

»Mach dir keine Sorgen. Ich habe es schon gesehen. Du gehst zwar morgens sehr früh im Pool deine Bahnen schwimmen, aber ich bin eine Mutter. Ich stehe ebenfalls sehr zeitig auf. Und seit gestern kann ich eins und eins zusammen zählen.« Sie trat einen Schritt näher an Sam heran und streckte ihre Hand aus, ließ ihre Finger sich mit Sams verweben.

»Jeder von uns trägt sein Leben auf seiner Haut, genauso wie in seiner Seele. Manchmal ist es deutlicher zu sehen, aber es ändert nichts. Nicht für mich, denn ich will dich so wie du bist - und nichts anderes. Und du bist wunderschön, Samantha Lenox.« Sie beugte sich langsam vor und ließ ihre

Lippen sanft über Sams gleiten.

»Und nun komm ins Bett. So bequem deine Couch auch aussieht, so sehr ich es auch mag, wenn du Möbel und Zimmerwände zweckentfremdest - heute will ich mir alle Zeit der Welt mit dir nehmen. Und dabei will ich, dass wir es bequem haben.«

»Dein Wunsch ist mir Befehl, Geburtstagskind«, lächelte Sam. Emma blickte sie irritiert an.

»Woher weißt du das, verdammt noch mal?«

»Eden hat es mir ins Ohr geflüstert, als sie Gute Nacht gesagt hat. Und gefragt, ob ich ein Geschenk für dich habe.«

Sams Lächeln verwandelte sich in ein breites Grinsen und Emma hätte sie fressen können - wenn sie das nicht schon ohnehin vorgehabt hätte.

»Oh, das hast du. Du brauchst gar nichts kaufen, ich nehme das, was schon da ist.«

Sie küsste Sam erneut und eine heiße Welle durchflutete sie, als ihr Kuss begierig erwidert wurde. Sams Hand glitt in ihren Nacken als sie den Kuss vertiefte und Emma spürte, wie ihre Knie weich wurden.

»Ich habe dich vermisst«, seufzte Sam in ihren Mund und Emma keuchte vor Verlangen und Glück auf. Ihre Finger begannen Sams Hemd zu öffnen, während diese sie rückwärts Richtung Schlafzimmer schob. Ihre Lippen konnten nicht voneinander lassen, Sams Finger glitten unter ihren Pullover, unter den Bund ihrer Hose und Emma stöhnte frustriert, als ihre Hände den Türgriff nicht fanden. Ihr Rücken wurde gegen das Holz gepresst, während Sams Hände tiefer wanderten und sich auf ihren Po pressten.

»Bett, Sam ...«, flüsterte sie außer Atem. Die Tür in ihrem Rücken gab plötzlich nach, aber Sams Hände auf ihrem Hintern stützten sie, pressten sie gegen Sams Körper und trugen sie zur Bettkante. Sie spürte die Matratze in ihrem Rücken, Sams glühenden Körper auf ihrem und ein tiefer Seufzer entkam ihr, als ihre Hände Sams Körper hinauf wanderten, und das Hemd von ihren Schultern streiften. Haut auf Haut, nichts anderes wollte sie jetzt.

ACHTUNDZWANZIG

Es klopfte. Laut und fast fordernd, ungeduldige Schläge eines Handknöchels gegen dickes Glas. Sam hob schlaftrunken den Kopf und blickte auf Emma, die zusammengerollt noch tief und fest schlummerte. Der Schlaf der Gerechten. Dann wanderte ihr Blick zur Uhr. Viertel nach zwei, mitten in der Nacht. Wer zum Teufel hämmerte um diese Zeit draussen herum? Und wie es schien, auch noch gegen ihre Terrassentür?

Vorsichtig schälte sie sich aus dem Bettlaken, schlüpfte in ihre Hose und griff nach ihrem Handy. Nach kurzem Zögern schlich sie auch noch in das Büro und griff nach ihrem alten Baseballschläger. *Sicher ist sicher.* Auch wenn sie es nicht vorhatte - wie man einen guten Schlag platzierte, hatte sie nicht verlernt. Ihr Sportlehrer hatte sie damals gerne in einem der letzten Innings zum Batter gemacht, wissend, dass sie selten verfehlte.

Sie hatte sich nicht getäuscht. Jemand stand vor der Glastür zu ihrer Terrasse. Als Sam sich näherte, machte die Person einige Schritte zurück, und der Bewegungsmelder ließ die Lampe angehen. Sam blickte fassungslos auf die Gestalt in knallroten Pumps und Lederjacke. Veronica.

Den Baseballschläger leicht erhoben, entriegelte Sam die Tür und trat einen Schritt hinaus. »Was zur Hölle soll das?«

Veronica hatte immerhin den Anstand, ebenfalls ihre Stimme zu senken. »Willst du mich jetzt bewusstlos schlagen und in deinem Garten vergraben?«

»Am liebsten ja«, zischte Sam, aber ließ den

Baseballschläger sinken. »Du betrittst mitten in der Nacht ohne Erlaubnis meinen Garten. Neben Ruhestörung ist deine Aktion ganz klar auch noch Hausfriedensbruch. Was zum Teufel willst du hier? War ich gestern nicht deutlich genug?«

»Ruhestörung. Du bist also nicht alleine zu Haus? Hätte ich mir ja denken können. Lenox Maguire lässt niemals etwas anbrennen, was? Außer ihr Bein ...«

Sams Hand zuckte und ballte sich fest um das Holz des Schlägers. »Lass den Scheiß und sag mir klar und deutlich, was du hier mitten in der Nacht zu suchen hast.«

Nun versuchte sie es mit dem Schmollmund. »Sei nicht immer so hart, Lenox. Sollte das eben unter deine Gürtellinie gegangen sein ... ich mach's dort gerne wieder gut.«

Sam spürte, wie ihr die Geduld entglitt. »Das hatten wir schon, und ich habe nach wie vor kein Interesse. Sag was du willst, oder verschwinde.«

»Wie ich gesagt habe: ich will dich - oder noch lieber, dein Geld. Und eins von beiden wirst du mir geben. Sonst sag ich deiner neuen Freundin, was für ein Arschloch sie sich ins Bett geholt hat.«

Das war alles? Mehr hatte sie nicht in petto? Sam hätte
beinahe laut losgelacht. »Du kommst mitten in der Nacht
hierher, angezogen wie ... eine Dirne dritter Klasse ... und alles,
womit du mir drohen kannst, ist, dass ich ein Arschloch bin?
Oh Veronica, komm bitte in der Realität an. Du bist nicht die
erste, die mich so betitelt. Natürlich war ich ein Arschloch.
Zumindest nach allem, was du weißt. Du bist gesprungen,
wenn ich mit einem Geldschein gewunken habe. Mach es mir
nicht zum Vorwurf, dich genauso ausgenutzt zu haben, wie du
mich. Das war von Anfang an der Deal zwischen uns - und er
hat sage und schreibe ... lass mich zählen ... vier Nächte
gedauert. Und dann habe ich dir sogar noch einen Job
verschafft.« Nun musste sie wirklich lachen. »Und nun glaubst
du, ich rette dir deinen Arsch? Glaubst wirklich, ich schulde dir
etwas?« Sam lehnte sich auf den Schläger und sah Veronica
mit Eiseskälte an. »Du hast bei Gott noch weniger Hirn, als ich
dir jemals zugesprochen hätte. Wie hast du es nur wieder in
meine Firma geschafft? Hast du mit dem Personalchef
geschlafen?«

Sam wusste, dass sie gerade ihr Niveau verließ, aber sie

konnte nicht anders. Sie war sehr empfindlich, wenn sie merkte, dass jemand sie ausnutzen wollte. Und es bereitete ihr nun eine unaussprechliche Genugtuung, diese Person vor sich zu Staub zerfallen zu sehen.

»Mein Onkel arbeitet bei der Presse ...«, versuchte sie es noch einmal, aber Sam schnaubte nur.

»Dann hat zumindest er hoffentlich genug Hirn, um zu wissen, dass deine Informationen nicht den Dreck unter deinen Fingernägeln wert sind. Sonst noch was?« Sams Finger trommelten ungeduldig auf den Knauf des Schlägers.

»Ich verliere meinen Job, verdammte Scheisse, nur weil du ...«

Sams Geduld war am Ende. »Nein, weil du, Veronica. Man verliert seine Arbeit, wenn man seine Chefin erpresst. Milchmädchenrechnung. Dein Versuch neulich im Büro in allen Ehren - das habe ich von jemandem wie dir sogar fast erwartet. Aber dieser zweite Anlauf heute Nacht ist nichts als peinlich. Weder bist du nüchtern, noch hast du irgendwas in der Hand, was ernst zu nehmen wäre. Ich stand schon in ganz anderen Feuern. Wenn du glaubst, dass du mich in die Knie zwingen kannst, hast du dich gründlich getäuscht.« Sams Augen funkelten gefährlich im Halbdunkel. »Das hier ist meine letzte Warnung. Verschwinde. Und ich werde dich schonen. Anstatt dich wegen Hausfriedensbruch anzuzeigen, dir eine großzügige Abfindung zahlen. Nicht, weil du es verdient hättest, sondern weil ich will, dass deine Rotzbengel nicht darunter leiden, dass ihre Mutter wieder einmal Scheiße gebaut hat. Aber wenn du noch einmal versuchst, mich zu erpressen ...« Sie biss die Zähne aufeinander. » ... werde ich nur ein einziges Streichholz brauchen, um dein Leben in Schutt und Asche zu legen. Denn du hast mehr als genug Dynamit herumliegen.«

»Wie hoch wäre die Abfindung?« Selbst im Halbdunkel leuchteten die Dollarzeichen in Veronicas Augen.

»Anständig. Aber ich werde nicht über eine Summe verhandeln. Wenn du nicht weiterhin glaubst, den Narren spielen zu müssen, wirst du zufrieden sein.« Sam hob die Hand, als ihr Gegenüber etwas erwidern wollte. »Wenn ich mich richtig erinnere, kannst du zumindest zählen, Veronica. Von eins bis zehn. Um es dir leichter zu machen, zähle ich mit.

Wenn du bei der theoretisch folgenden Zahl elf noch in meinem Garten weilst, weiß ich, dass ich lediglich eine Standardkündigung ausfertigen lassen muss. Eins ...«

So schnell, wie Veronica den Garten verließ, hatte Sam sie noch nie laufen gesehen. Man musste einem Esel nur eine Karotte vor die Nase halten ...

»Manche Menschen sind von hinten schöner.«

Sam sah auf und erblickte Emma, die nur mit einem Hemd bekleidet im Schlafzimmerfenster stand.

»Du hast es gehört?«

»Alles.«

»Entschuldige, ich wollte dich nicht wecken.«

»Nicht du hast mich geweckt, sondern Misses Beast. Glaubst du, dass sie es nun verstanden hat?«

Da lag kein Vorwurf in Emmas Stimme. Sie vertraute ihr. Und obwohl die kochende Wut über die nächtliche Störung noch nicht ganz verflogen war, fühlte Sam eine andere Wärme in sich aufsteigen. Es war schön, dieses Vertrauen zu geniessen.

»Wenn nicht, dann mach ich ihr Feuer unter ihrem

plattgesessenen Fastfood-Arsch.«

Emma schnalzte mit der Zunge. »Haben sie zu dieser späten Stunde ihren Wortschatz verloren, Frau Eversteen?«

Sam musste schmunzeln. »Wenn du zu lange in den Abgrund blickst, blickt der Abgrund auch in dich hinein. Nietzsche. Auch wenn ich gerade etwas heiß gelaufen bin, ich habe keine Angst mehr vor einem weiteren Brand.«

»Dieses Feuer überlassen wir der Hexe - wenn sie es so will. Und du bist inzwischen eindeutig hitzeerprobt.«

Fast eine Zweideutigkeit. Sam blinzelte. »Mein Hemd steht dir außerordentlich gut.«

»Tja. Wenn du es wiederhaben willst, dann musst du es dir holen.«

»Nun, wie du gerade gehört hast, lasse ich nie etwas anbrennen. Das Hemd gehört in wenigen Sekunden mir - samt allem, was darin steckt.«

Eine Frage brannte noch - zwischen ihnen beiden. Sie knisterte leise, als Sam den Raum betrat. Beide lasen es im Blick der anderen.

»Des Geldes wegen ...« Emma flüsterte fast. »Ich habe es auch des Geldes wegen getan.«

Sam nickte. »Aber im Gegensatz zu Veronica habe ich dir auch keine andere Wahl gelassen.«

»Stimmt. Und Eden ist zumindest keine Rotzgöre ...« Sie brauchte Sams Bestätigung nicht, um zu wissen, dass sie es genauso sah. »Und eins garantiere ich dir, Samantha Lenox Eversteen-Maguire. Wenn du mir noch einmal Geld anbietest, damit ich mit dir schlafe ... dann kannst du brausen gehen. Verstanden?«

Sam spürte, wie ein Lächeln um ihre Lippen zu tanzen begann. »Kein Geld also. Hm ... ein schickes Auto vielleicht?«

»Fahr zur Hölle.«

Sie grinsten sich beide an. Das Knistern verschwand.

»Ich weiß, dass du keine von denen bist.« Sams Stimme klang einlullend weich. Aber Emma konnte es noch nicht lassen. »Aber du bist ein Arschloch. Willst mir nur an die Wäsche.«

»Eigentlich will ich nur mein Hemd zurück.« Sam legte den Kopf schief. »Von Wäsche sehe ich ansonsten nichts mehr an dir ...«

»Du hast mein Argument gekonnt entkräftet.«

»Und ich habe das Arschloch im Garten gelassen.« Sam trat einen Schritt näher und streckte ihre Hand aus. »Das Hemd?«

»Hol es dir.«

NEUNUNDZWANZIG

Das Haus war dunkel und still. Emma zog die
Vorhänge im Wohnzimmer zu und ging leise Richtung
Schlafzimmer. Das Bett war leer und im Bad brannte kein
Licht. Sie stand einen Moment ratlos da, dann breitete sich ein
Lächeln auf ihren Lippen aus. Auf leisen Sohlen schlich sie
wieder auf den Gang und öffnete vorsichtig die Tür zu Edens
Zimmer. Die kleine Lampe auf dem Nachttisch brannte und

warf ihr Licht auf das schönste Bild, das sie seit langem gesehen hatte.

Eden schlief auf dem Bauch, beide Hände zum Kinn gezogen. Ihre liebste Schlafposition. Sam lag ausgestreckt daneben, in verknittertem Hemd, ein Buch aufgeschlagen auf ihrem Bauch. Die Lesebrille war verrutscht und saß schief auf ihrer Nase. Ihr linker Arm lag über ihrem Kopf, während sich der andere schützend um Edens kleinen Körper geschlungen hatte.

So muss Zuhause aussehen, dachte Emma schmunzelnd. Zumindest fühlte es sich so an. Warm und gut und so unglaublich richtig. Sie ging zurück ins Schlafzimmer und kroch in das leere Bett.

Sam hatte bis heute nie von Liebe gesprochen. Diese drei magischen Worte waren nicht einmal über ihre Lippen gekommen. Vielleicht hatte sie aufgehört, an diese Worte zu glauben. Vielleicht war sie nie der Typ für Herzchen und Bekenntnisse gewesen. Ihre Lippenbekenntnisse waren jedenfalls ganz anderer, herrlich erhebender Natur. Und sie war da und sie blieb. Emma spürte, dass sie die Zeit mit ihr und Eden genoss. Sam hatte ihr Leben geöffnet und sie beide mit ausgestreckten Armen willkommen geheißen. Das war mehr, als Worte jemals konnten. Und auch wenn sie nicht jede Nacht das Bett teilten, nicht jede freie Minute miteinander verbrachten - es war genau so richtig, wie es war.

»Immerhin gehört heute Nacht die Bettdecke ganz alleine mir. Das hat auch was ... «, flüsterte sie sich selber zu, bevor sie ihren Kopf ins Kissen sinken ließ.

DANKSAGUNG

D. anke für das Coverbild und für deine Zeit. Frei und wild und einzigartig. Vergiss nie, was du wert bist. Ich wünsche dir viel guten Wind im Burgenparadies. Rückenwind.

***

Ich danke Sharron Levy für die Erlaubnis, ihr großartiges Lied hier als Zitat verwenden zu dürfen. Verpasst es nicht, persönlich bei ihr vorbei zu schauen: sharronlevy.com - Es lohnt sich, versprochen.

***

Danke an T.B. für ihr erneutes Lektorat.

Und danke an D.L. Drübergeputzt - jetzt blinkt es.

Ihr seid einfach prima.

***

Ich danke all denen, die in meinem Herzen
wohnen. Egal wie nah oder fern ihr seid - ich wäre
nichts ohne euch.

***

Chris Peregrin lebt unter ihrem bürgerlichen Namen im deutschsprachigen Raum. In ihrem Brotberuf, sofern damit viel Brot zu verdienen ist, verdingt sie sich als Schauspielerin.
Neben dem Schreiben liebt sie es zu lesen, zu kochen und sich die Welt anzusehen.
Und sie freut sich über Post und Feedback unter:
peregrin.chris@gmail.com

Copper – Der neue Roman von Chris Peregrin –
Demnächst im Handel

Die Straßen schienen wie leergefegt. Die meisten hatten sich wohl ins Schwimmbad oder an den See verzogen, sofern sie nicht im Büro saßen. Für einen Moment beneidete Ellen sie um den Luxus einer Klimaanlage, obwohl sie sonst für nichts auf der Welt mit ihnen getauscht hätte. Im Büro fühlte sie sich eingesperrt und sie verabscheute die Tage, an denen sie Innendienst schieben musste.

Sie fuhr mit offenem Visier und genoss den Fahrtwind in ihrem Gesicht, auch wenn er weit davon entfernt war, kühl zu sein. Auf dem Motorrad fühlte sie sich immer ein Stück weit befreit, egal ob sie eine private Spritztour unternahm oder, wie jetzt, auf Streife war. Das Vibrieren des Motors, der Druck der Geschwindigkeit gegen den Körper sorgte dafür, dass sie sich lebendig fühlte.

Sie bogen in Richtung Gewerbegebiet ab und wurden

von einer roten Ampel ausgebremst. Ellen nahm die Hand vom Gasgriff und wischte sich über ihren Nacken. Der Lederhandschuh glänzte von ihrem Schweiß, als sie die Hand wieder auf den Lenker legte. Im Rückspiegel sah sie hinter sich vier bis fünf Motorräder auftauchen. Doch die Ampel schaltete auf Grün und sie und Carolin fuhren an, bevor sich die kleine Gang nähern konnte. Ellen suchte Caros Blick und deutete mit einem Kopfnicken hinter sich.

Die Motoren dröhnten hinter ihnen, als die Biker naher kamen. Ellen widerstand der Versuchung, sich umzudrehen. Sie drosselte lediglich etwas ihr Tempo, so dass Carolin neben ihr aufschließen konnte.

Die Straße vor ihnen war leer, und die kleine Bikergruppe würde sie sicherlich gleich überholen. Doch für die nächsten Kilometer galt noch Tempo Achtzig, und sie war gespannt, wie sich die Fahrer verhalten würden. Von hinten sah man nur anhand des Nummernschildes, das sie Polizeimotorräder fuhren.

Carolin warf ihr einen schnellen Seitenblick zu, als eines der Motorräder unter voll angezogenem Gasgriff aufheulte. *Poser*, dachte Ellen. *Na, mal sehen, was ihr zu bieten habt.*

Das erste der Bikes fuhr an ihnen vorbei. Der Fahrer blickte zur Seite und hob grüßend seine Hand. Als sein Blick auf die unverkennbare Aufschrift am Tank fiel, verzog sich sein Mund zu einem Grinsen und er hob die Hand wie zu einem Salut an den Helm, bevor er an ihnen vorbei zog. In gemäßigtem Tempo. Die anderen Fahrer folgten seinem Beispiel. Ellen schüttelte amüsiert den Kopf. *Charmante Bastarde.* Aber ihr sollte es recht sein. Kein Stress für die Biker, kein Stress für sie. Und vor allem kein mühsamer Papierkram auf dem Schreibtisch.

Sie blickte der kleinen Gruppe nach, die bis zum Verkehrszeichen die vorgeschriebene Geschwindigkeit hielt, um dann den Gasgriff zum Anschlag aufzudrehen. Nun, sie hätte es nicht anders gemacht. Ihre Lederjacken verschwanden in der Distanz, nur die rote Farbe, die ihr Emblem umrahmte, funkelte noch in der Ferne. Ein Ritter mit Totenschädel und Uniformmütze, der jenen hinter ihm den Stinkfinger zeigte. *Fresst meinen Staub, ihr Loser.*

<<<<>>>